今天如何读经典

刘 勇 李春雨◎主编

新月轻吟

今天如何读徐志摩

闫丽君 陈蓉玥 著

中国人民大学出版社
·北京·

图书在版编目（CIP）数据

新月轻吟：今天如何读徐志摩 / 闫丽君，陈蓉玥著. -- 北京：中国人民大学出版社，2024.4
（今天如何读经典／刘勇，李春雨主编）
ISBN 978-7-300-32617-7

Ⅰ.①新… Ⅱ.①闫… ②陈… Ⅲ.①徐志摩（1896-1931）-文学研究 Ⅳ.①I206.6

中国国家版本馆CIP数据核字（2024）第055137号

今天如何读经典
刘　勇　李春雨　主编
新月轻吟：今天如何读徐志摩
闫丽君　陈蓉玥　著
Xinyue Qingyin: Jintian Ruhe Du Xu Zhimo

出版发行	中国人民大学出版社		
社　　址	北京中关村大街31号	邮政编码	100080
电　　话	010-62511242（总编室）	010-62511770（质管部）	
	010-82501766（邮购部）	010-62514148（门市部）	
	010-62515195（发行公司）	010-62515275（盗版举报）	
网　　址	http://www.crup.com.cn		
经　　销	新华书店		
印　　刷	天津中印联印务有限公司		
规　　格	890 mm×1240 mm　1/32	版　次	2024年4月第1版
印　　张	6插页1	印　次	2024年4月第1次印刷
字　　数	106 000	定　价	38.00元

版权所有　　侵权必究　　印装差错　　负责调换

目 录

引 言 一颗耀眼的文坛流星

  今天为什么读徐志摩　// 004

第一章　志在摩天

  商贾之家走出的浪漫诗人　// 015

  "新月"的灵魂　// 023

  "诗是一切的开始与终结"　// 031

第二章　康桥："精神依恋之乡"

  留学美英　// 042

  "发现"康桥　// 046

  康桥即景　// 052

  "三别"康桥　// 063

第三章　"爱"是一生的信仰

  对爱的执着追求：《我有一个恋爱》　// 087

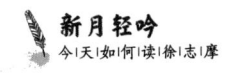

灵动飞扬的爱：《雪花的快乐》 // 097

当爱已成往事，一切皆为"偶然" // 105

第四章 "自由"是永恒的理想

对自由的向往：《想飞》 // 115

冲破阻拦的逍遥：《云游》《阔的海》 // 122

反抗现实的激情：《这是一个懦怯的世界》 // 129

第五章 对"三美"的实践

严谨工整之美：《我不知道风是在那一个方向吹》 // 139

灵动飘逸之美：《沙扬娜拉》 // 148

回环往复之美：《沪杭车中》《再不见雷峰》 // 153

第六章 "一部无韵的诗"

"人人的朋友" // 166

"新月"诗人还是"风月"诗人？ // 176

永远的一弯"新月" // 182

引言 一颗耀眼的文坛流星

导读

在中国现代新诗史上,徐志摩并非现代新诗的最早尝试者,亦非现代新诗理论首倡者,但他却在短暂的文学创作生涯中,在诗歌、散文、小说以及文艺理论等领域都成就斐然。作为现代新诗的弄潮者,徐志摩给我们留下大量脍炙人口的现代新诗。

阅读徐志摩，我们不仅会激赏他对生活的热情，他为爱情不懈努力的现代意识，而且能体味其飞动飘逸、复杂立体的哲思。阅读徐志摩，也为我们打开一扇窗，让我们得以去感知中国近现代青年知识分子在由封建社会向现代社会转型过程中的人生沉浮、思想流变。尽管徐志摩仿佛一颗耀眼的流星，匆匆划过文坛，但他却留给我们丰厚的精神财富，这或许也是我们今天重读徐志摩的重要原因。

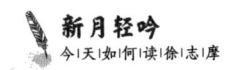

今天为什么读徐志摩

今天为什么读徐志摩？当然绝不仅仅因为21世纪以来，当诗歌失去轰动效应之后，徐志摩的诗选仍能高居各类畅销书的榜单；当然也不仅仅因为这位天才诗人超逸的性格，胡适夸赞他"真是一片最可爱的云彩，永远是温暖的颜色，永远是美的花样，永远是可爱"[①]；也不仅仅源于这位天才诗人短暂而绚烂的人生传奇，"他的想象的渺茫，他倾倒中的单纯，他追求理想的兴致，和他谈吐的风趣"[②]。即使是在群星闪耀的现代新诗史上，徐志摩也是为数不多的真正懂得"诗"与"歌"关系的人，他以一己之力搅动了中国现代诗歌的一潭春水。同时代的茅盾先生慧眼独具，称赞徐志摩的诗作在当时少有能与其并肩者，其后也鲜有能及者。以严谨、客观立身行事的朱自

---

① 胡适．追悼志摩．新月，1932，4（1）．本书引文保留了各时期作者的用字用词特点，如无必要，不做改动。——编者注

② 叶公超．志摩的风趣 // 舒玲娥．云游：朋友心中的徐志摩．武汉：长江文艺出版社，2005：79．

引言
一颗耀眼的文坛流星

徐志摩

清先生，曾将徐志摩与郭沫若并称为中国现代诗歌界最杰出的诗人。头顶着"诗仙""诗哲"桂冠的徐志摩，仿佛一颗"转瞬间消灭了踪影"的诗坛流星。恰如胡适先生在悼文中所写："志摩走了，我们这个世界里被他带走了不少的云彩"[1]。他轻轻地来，却并非轻轻地离开，在短短三十余年的人生旅程中，徐志摩带给我们许多不朽的诗文，在刹那中成就了自身永恒的传奇。

今天为什么读徐志摩？也绝不是因为他丰富的感情经历和众多以他为男主角的八卦段子。徐志摩是新月派的灵魂人

---

[1] 胡适.追悼志摩.新月，1932，4（1）.

物，他那从"性灵深处来的诗句"[①]，堪称"古典理想的现代重构"[②]。他热爱大自然，把自然视为"最伟大的一部书"，大海星辰、白云清泉、空谷幽兰、落叶秋声都在他的笔下幻化成最美的诗篇。同时代的文人称赞他是"用中文诗歌形式创作西方浪漫诗歌的第一人"，他"一手奠定了新诗坛的基础"。在新诗创作史上，郭沫若以磅礴的气势、宏阔的意象和夸张的辞藻获得了五四时期读者的喜爱，徐志摩则从心灵出发，沁入读者的心脾。徐志摩挚爱济慈和雪莱，但他的诗情汪洋却不恣肆，常常是"戴着镣铐跳舞"[③]。他的创作生涯十分短暂，自1922年从欧美留学归国开始大量创作诗歌，至1931年因飞机失事离世，短短十年的创作时间里，他的浪漫主义精神，犹如脱缰的野马，在诗歌、文学、艺术领域纵横驰骋。不仅如此，徐志摩的诗歌题材灵活多变。陈西滢称他的第一部诗集《志摩的诗》，"几乎全是体制的输入和试验"，包括"散文诗，自由诗，无韵体诗，骈句韵体诗，奇偶韵体诗，章韵体诗"[④]等各类体裁。他以其热烈的情感、新颖的韵律、微妙的意象，以及感

[①] 徐志摩. 志摩日记//陈从周. 徐志摩年谱. 上海：上海书店, 1981：70-71.

[②] 李怡. 中国现代新诗与古典诗歌传统. 重庆：西南师范大学出版社, 1994：216.

[③] 闻一多. 诗的格律. 晨报副刊·诗镌, 1926（7）.

[④] 陈西滢. 闲话. 现代评论, 1926, 3（72）.

情的纯净和深邃，在中国现代新诗史上独树一帜。

徐志摩不仅长于诗歌创作，还涉猎多种文学体裁，在散文、小说、戏剧等多个方面有所建树。徐志摩体现出特定历史时期中西文化碰撞交融的时代特征，他既未脱离传统文化的浸润，同时又不乏西方文化的浸染，被公认为"最适应西方生活的中国文人"[1]。在散文创作中，徐志摩始终张扬着自由的、不受半点羁绊的"野马精神"，永远保持"亲热的态度"[2]。他一生热烈地追求"爱""自由"与"美"，咏叹爱情至上，以爱的观念为人生的原动力。徐志摩的文字空灵飞动，大量使用排比、比喻等修辞手法，形成了"浓得化不开"[3]的诗化散文风格。

在戏剧方面，徐志摩也有自己的心得。他曾于1924年泰戈尔访华期间，亲自登场，与林徽因等新月派成员共同排演了话剧《齐德拉》，也曾被陆小曼拉着一起去排演京剧。不仅如此，徐志摩还曾与陆小曼共同创作话剧《卞昆冈》，并提出"真纯艺术"的观念。在他看来，戏剧艺术的魅力在于可以净化人的心灵，使观看者与剧中人共情，鼓动心灵产生共鸣。

---

[1] 赵毅衡. 西出洋关. 北京：中国电影出版社，1998：41.
[2] 梁实秋. 谈志摩的散文. 新月，1932，4（1）.
[3] 杨振声. 与志摩最后的一别 // 舒玲娥. 云游：朋友心中的徐志摩. 武汉：长江文艺出版社，2005：65.

他还于1926年在《晨报副刊》上创办《剧刊》，推动"国剧运动"，以此助力戏剧改革。他倡导要对中国传统戏剧资源进行恰当整合，主张借鉴西方戏剧的精髓，从而建立"中国新剧"。不仅如此，他还积极翻译国外经典剧作，写下了不少剧评，强调要"探讨人心的深邃，表现生活的原力"[1]，在现代戏剧发展史上留下了自己实验戏剧的痕迹。

今天为什么读徐志摩？还有一个重要原因。我们过去误会徐志摩，只道他仅是"一位歌诵人世间的光明的诗人"，"像站在阳光斑斑烂烂的从树叶缝中窥射下去的枝头上的鸟儿似的，仅是啭唱着他自己的愉快的清歌"[2]。其实徐志摩还有多个面向，他不但同情弱者，还有济世思想。徐志摩曾在创作上效仿恩师梁启超，在《友声》发表《论小说与社会之关系》，将小说与改良社会联系起来。《老李的惨死》之类鞭挞现实的小说，也曾从徐志摩笔底流出。很难想象，假如徐志摩没有英年早逝，他在面对被炮火笼罩的抗战时期的中华大地时，又会有怎样的书写。徐志摩在英美留学期间，深受欧美自由主义思潮影响。徐志摩的一生都致力于在严酷的现实世界里，在遍地荆棘的人生旅途中，努力实现他的理想，而"他的理想是自

---

[1] 余上沅.《国剧运动》序 // 国剧运动. 上海：新月书店，1927：3.
[2] 郑振铎. 悼志摩 // 舒玲娥. 云游：朋友心中的徐志摩. 武汉：长江文艺出版社，2005：61.

由"[1]。恰如他自己所宣称的那样:"我相信真的理想主义者是受得住眼看他往常保持着的理想萎成灰,碎成断片,烂成泥,在这灰这断片这泥的底里他再来发现他更伟大更光明的理想。我就是这样的一个。"[2]这是他的"单纯的信仰"、他的理想,但是理想很丰满,现实却很骨感,这也是徐志摩招致论敌乃至被后来人误读的一个重要原因。

徐志摩纯洁天真,乃是诗人中的诗人;他温柔诚挚,是朋友中的朋友。他生前胜友如云,死后胜友如云。他为人真诚热情,交游广泛,游走于京沪文人之间,是"人人的朋友"。徐志摩的一生,可以看作五四那一代学人的人生缩影。他们学贯中西,在他们的身上既有东方式才子的温润,又融汇了西方式的绅士风度。徐志摩的诗文,清晰地勾勒出20世纪20年代中外文人间交游的广阔天地。他不仅与罗素、曼殊斐尔、泰戈尔、赛珍珠等外国作家建立了友谊,还是新月沙龙的组织者,与梁启超、胡适、蒋百里、周作人、张君劢等人成为忘年交,与吴宓、郁达夫、梁实秋、杨振声、王统照、陈西滢、叶公超、梁遇春、蹇先艾等同辈交游甚欢,并与林徽因、陆小曼、凌叔

---

[1] 瞿菊农.“去吧!”志摩//舒玲娥.云游:朋友心中的徐志摩.武汉:长江文艺出版社,2005:89.

[2] 徐志摩.迎上前去//徐志摩全集:第二卷.天津:天津人民出版社,2005:142.

华、苏雪林、冰心等民国名媛,有不同程度的交集。同时,他还不忘提携后辈,不仅对沈从文有提携之恩,赵家璧、卞之琳、陈梦家、何家槐、许君远、赵景深等都在他的启蒙下,走上文学之路。

【我来品说】

> 1. 从上文的分析中,谈谈你对徐志摩是"用中文诗歌形式创作西方浪漫诗歌的第一人"这句话的看法。
> 2. 你读过徐志摩的哪些作品?印象最深的是哪一篇?你对徐志摩的评价如何?

第一章 志在摩天

> **导读**
>
> 据陈从周所著的《徐志摩年谱》所载,徐家祖上世代以经商为业。徐志摩曾不止一次提及:"我查过我的家谱,从永乐以来,我们家里没有写过一行可供传诵的诗句。"那么,到底是怎样的成长环境,孕育了徐志摩这样一位浪漫的天才诗人呢?徐志摩是如何描述自己诗歌创作的机缘的呢?

第一章
志在摩天

　　1897年1月15日,一个雪花飘飞的夜里,浙江海宁硖石保宁坊徐氏祖屋,徐家的独子——徐志摩出生了。然而,此时的他还不叫徐志摩。父亲徐申如依照家谱排序,给徐家的独子取名徐章垿,字槱森,小字幼申。徐志摩的父亲徐申如,是壬申年生人,徐志摩为丙申年生人,与徐父的生肖一样同属猴,故得小字幼申,"槱森"其实就是"幼申"的谐音。至于"志摩"这个名字的由来至今说法不一:一种说法是,在徐志摩周岁生日那天,曾有一位叫志恢的和尚路过徐家,给幼年的志摩摸骨算命,说他是"麒麟再生",前途不可限量。和尚的话无疑说到了徐父的心坎上,为了留住和尚的吉言,徐父给儿子更名为志摩,希望他将来"志可摩天,修德成器";另一种说法是,"志摩这个名字,是他从北大肄业赴美之前自己取的"[①];还有一种说法认为,这个名字是诗人在留英期间自己取的,也许是因"康桥景色",更可能是因拜伦的余

---

① 韩石山.徐志摩传.北京:北京十月文艺出版社,2001:43.

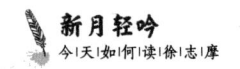

风,终于徐志摩改了志,志在摩诘。不管这些说法是否可靠,"徐志摩"这三个字在中国现代文学史上已经成为不容小觑的存在。

第一章 志在摩天

商贾之家走出的浪漫诗人

徐志摩家世代以经商为业，在浙江海宁硖石，富甲一方。据《徐氏硖石分支世系图表》所载，徐家祖上自明正德年间，就已经开始在硖石经商，以经营酒酱业起家。徐志摩的祖父徐星匏，清附贡生，在硖石镇开办徐裕丰酱园。父亲徐申如胆识过人，思想开明，抱定"实业救国"的理想，大力发展实业，在沪杭一带享有很高的声望，有"浙江张謇"之誉，曾担任硖石商会会长、主席等职。徐家到了徐申如这一代手上时，除了继续经营徐裕丰酱园外，还发展了多个产业，曾合股创办硖石第一家钱庄——裕通钱庄，后又开设了硖石电灯公司、捷利电话公司、硖石双山丝厂等，成为远近闻名的硖石首富。

徐申如十分热心公益事业，不仅创办硖石商团，还兴办公共消防、贫民习艺所，海宁县的大事小情都会请他来帮忙。最值得称道的是，他力促沪杭铁路经过硖石。1908年，江浙两省均成立铁路公司，协力修建沪杭铁路。沪杭铁路最初规划从上海经枫泾、嘉善、嘉兴、桐乡、长安镇后抵达杭州，基本上是

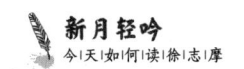

一条直线。但桐乡的地主乡绅却十分反对,认为修铁路会破坏当地的风水,应坚决抵制。徐申如有胆有识,认为修铁路是千载难逢的大好事,交通一发达,何事不可办!他敢于冲破传统观念,说服海宁士绅筹集资金,联名具呈,恳请铁路改道经过硖石,最终促成了沪杭铁路改道,增设了硖石站。铁路横贯海宁,带来了便利的交通、繁荣的物流,再加上海宁自身丰富的物产,极大地推动了海宁现代化的进程。如果用现代经济学来解释,这就是改善投资环境,释放当地最大产能。海宁也因此收获了"小上海"的美誉。今天的海宁人,应该感谢徐申如当年的胆识和远见。

如果说徐志摩从父亲徐申如那里获得的是做事的眼光与决断,那么母亲钱慕英给予志摩的则更多的是"爱的教育"。钱慕英慈爱平和,是中国传统女性的典型,她略通诗文,用无

1920年的硖石火车站

私伟大的母爱守护小志摩的成长。母亲曾是徐志摩"思想与关切的中心"。徐志摩在母亲去世时,曾写下七节长诗《给母亲》,来表达对母亲的无限深情。

> 母亲,那还只是前天,
> 我完全是你的,你唯一的儿;
> 你那时是我思想与关切的中心;
> 太阳在天上,你在我的心里;
> 每回你病了,妈妈,如其医生们说病重,
> 我就忍不住背着你哭,
> 心想这世界的末日快来了;
> 那时我再没有更快活的时刻,除了
> 和你一床睡着,我亲爱的妈妈,
> 枕着你的臂膀,贴近你的胸膛,
> 跟着你和平的呼吸放心的睡熟,
> 正像是一个初离奶的小孩。
> …………①

从徐家的家世不难看出,作为徐家独子的徐志摩,可谓

---

① 徐志摩.给母亲//徐志摩全集:第四卷.天津:天津人民出版社,2005:233.

是含着金汤勺出生的。梁实秋曾对徐志摩的出身做过这样的评价:"我也不能否认家庭环境与气氛对一个人的若干影响。志摩出自一个富裕的商人之家,没有受过现实的生活的煎熬,一方面可说是他的幸运,因为他无需为稻粱谋,他可以充分地把时间用在他所要致力的事情上去,另一方面也可说是不幸,因为他容易忽略生活的现实面,对于人世的艰难困苦不易有直接深刻的体验。"[1]如果我们细细翻阅中国现代作家的成长史,便不难发现,许多作家如鲁迅、茅盾、老舍、郁达夫等曾经历早年丧父、家道中落的苦楚,曾体味过"生的苦闷"。而徐志摩却从未有过如此惨淡的生命体验,这是诗人的"幸"与"不幸"。

"父母之爱子,则为之计深远。"身为硖石首富的徐申如,和平凡普通的父亲们一样,在徐志摩的成材之路上,倾注了大量的心血。徐志摩四岁入家塾读书,开始接受系统的启蒙教育。徐志摩曾经在《雨后虹》一文中细致描写了在家塾读书时的情形:

在白天不论天热得连气都转不过来,可怜的"读书官官"们,还是照常临帖习字,高喊着"黄鸟黄鸟","不亦说

---

[1] 梁实秋.谈徐志摩//雅舍小品.广州:新世纪出版社,1998:182.

乎"；虽则手里一把大蒲扇，不住地扇动，满须满腋的汗，依旧蒸炉似透发，先生亦还是照常抽他的大烟，哼他的"清平乐府"。①

1907年，徐志摩转入开智学堂就读，1910年春，考入杭州府中。读书期间，徐志摩成绩优异，考试常常全班第一，是大家公认的"神童"。徐志摩的国文成绩尤为突出，徐志摩十三岁时写就的《论哥舒翰潼关之败》一文，行文流畅，气势如虹，显示出了扎实的古文功底。

1915年徐志摩考入北京大学预科。为了儿子将来能跻身上流社会，父亲徐申如在志摩赴美留学前，以一千大洋的赘礼，让儿子拜在梁启超门下，这也为日后志摩能够顺利进入文坛创造了某种捷径。1918年徐志摩启程赴美留学，主要攻读银行学和社会学，并获得硕士学位。不难看出，徐申如为儿子铺就了一条精英教育的坦途，上最好的学校，请最好的老师，不惜一切代价。而此时，无论是对徐志摩，还是对徐申如而言，"诗人"这个身份，全然不在徐志摩的人生规划之列。恰如他自己所言："在二十四岁以前，诗，不论新旧，于我是完全没有相

---

① 徐志摩. 雨后虹//徐志摩全集：第一卷. 天津：天津人民出版社，2005：157.

干。"[1]直到1920年,徐志摩赴英国剑桥大学学习,他的兴趣才开始转向文学。"说到我自己的写诗,那是再没有更意外的事了。"[2]"意外",当然是徐志摩个人的自谦之词。事实上,徐志摩成为浪漫诗人,并非只是单纯的意外。他有着与生俱来的诗人气质,他本身就是"跳着溅着不舍昼夜的一道生命水"[3]。

当然,诗人诗情的生发,离不开故乡山水的滋养。"故乡"对于作家而言,既是作家的出生地,同时又是作家文学才华的生长地。"露从今夜白,月是故乡明",不论是鲁迅的绍兴老家、萧红的呼兰河、莫言的高密东北乡,还是迟子建的冰雪北极村,故乡都给予作家们丰厚的滋养。对于故乡的馈赠,徐志摩曾不无感激地写道:"我生平最纯粹可贵的教育是得之于自然界。田野,森林,山谷,湖,草地,是我的课室;云彩的变幻,晚霞的绚烂,星月的隐现,田野的麦浪是我的功课;瀑吼,松涛,鸟语,雷声是我的教师,我的官觉是他们忠谨的学生,受教的弟子。"[4]"故乡"是徐志摩诗文中绕不开的母题。

---

[1] 徐志摩.《猛虎集》序∥徐志摩全集:第三卷.天津:天津人民出版社,2005:392.

[2] 徐志摩.《猛虎集》序∥徐志摩全集:第三卷.天津:天津人民出版社,2005:392.

[3] 朱自清.《中国新文学大系·诗集》导言∥赵家璧,朱自清.中国新文学大系·诗集.上海:良友图书印刷公司,1935:7.

[4] 徐志摩.雨后虹∥徐志摩全集:第一卷.天津:天津人民出版社,2005:159.

海宁自古繁华，是良渚文化发源地之一，这里不但有钱塘江大潮的雄浑激越、排山倒海，还有小桥流水、管弦丝竹的柔媚，这些故乡风物在潜移默化中，滋养着徐志摩细腻灵动的文思，他对于自然界的一草一树、一叶一花都充满了天真的好奇。《一条金色的光痕》《家德》《东山小曲（硖石白）》等都是以故乡为题的佳作。

【经典品读】

徐志摩《东山小曲（硖石白）》

一

早上——太阳在山坡上笑，

太阳在山坡上叫：——

看羊的，你来吧，

这里有粉嫩的草，鲜甜的料，

好把你的老山羊，小山羊，喂个滚饱；

小孩们你们也来吧，

这里有大树，有石洞，有蚱蜢，有好鸟，

快来捉一会迷藏，豁一阵虎跳。

二

中上——太阳在山腰里笑,

太阳在山坳里叫:——

游山的你们来吧,

这里来望望天,望望田,消消遣,

忘记你的心事,丢掉你的烦恼;

叫化子们你们也来吧,

这里来偎火热的太阳,胜如一件棉袄,

还有香客的布施,岂不是妙,岂不是好。

三

晚上——太阳已经躲好,

太阳已经去了:——

野鬼们你们来吧,

黑巍巍的星光,照著冷清清的庙,

树林里有只猫头鹰,半天里有只九头鸟;

来吧,来吧,一齐来吧,

撞开你的顶头板,唱起你的追魂调,

那边来了个和尚,快去要他一个灵魂出窍!

第一章 志在摩天

"新月"的灵魂

　　1917年1月,胡适的《文学改良刍议》一文在《新青年》第二卷第五号一经刊出,便成为文学革命发端的标志。紧接着,2月陈独秀《文学革命论》一文发表,新文学主将们正式举起文学革命的大旗。在"德先生"和"赛先生"两大思想的加持下,这场声势浩大的新文学革命不仅带来了文学观念的巨大变革,也使新兴的文学社团如雨后春笋般迅速出现并发展壮大。据统计,1921年到1923年的两年间,国内曾经出现过的大大小小的文学社团多达四十余个,与之相关的文学刊物大约有五十余种,到1925年前后,文学社团及其相应的文学刊物已达到一百多个。但是,基于不同文学理念而形成的社团之间却壁垒严重。恰如郭沫若所说的那样,"自己没有独立的机关,处处都要受人继母式的虐待","在被定性为半封建的中国社会里,大抵的人都跳不出个人崇拜或行帮意识的那个圈子"[①]。在这样的文坛格局之下,要想开创一方属于自己的文学天地实属

---

① 郭沫若.创造十年续篇//郭沫若全集(文学编):第12卷.北京:人民文学出版社,1992:290.

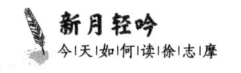

不易。

徐志摩从英伦归来后，大量写作，四处投稿，但也因此招来了许多意想不到的麻烦。这一时期，徐志摩常常去探望办报办刊的友人，并总是随身带着许多手稿，别人一说要稿，立即就递上。据统计，1923年1月到3月间，徐志摩在《努力周报》《时事新报·学灯》《晨报副刊》等报刊上发表的诗文就有十四首之多，他开始在文坛崭露头角。然而，徐志摩至情至性，有着与生俱来的情感型胆汁气质。在徐志摩回国后最初的两三年间，他在当时两大主要社团——文学研究会和创造社——之间游移。文学研究会的成员主要以未出国留学的知识分子为主，偶有留学者也多半是留学日本归来；而创造社则以留日学生为主。不难看出，无论是在组织纪律相对宽松的文学研究会，还是在相对比较严密的创造社，徐志摩的性格气质，都显得有点格格不入。而此时，许多与徐志摩有着相似经历的欧美留学生，也纷纷学成归国。他们也都在急切地寻找一个施展拳脚的舞台，由徐志摩、胡适等人发起成立的新月社，无疑给他们提供了这样一个舞台。

徐志摩留英归国后，在北京居留最久的地方是石虎胡同七号院，这里曾经是松坡图书馆外文馆的所在地，徐志摩的恩师梁启超当时正担任该馆的馆长。1924年春，徐志摩在这个院落里挂起了"新月社"的牌子。新月社最初并不是一个纯粹的

第一章
志在摩天

文学社团,"最初是'聚餐会',从聚餐会产生'新月社',又从新月社产生'七号'的俱乐部"①。新月社成员背景比较驳杂,汇聚的大多是当时北京(1928—1949年改名为北平)的文化界名流、知名诗人学者,也有政界要员、实业家、银行家等,我们熟知的梁启超、林长民、蒋百里、张君劢、胡适、闻一多、林语堂、沈从文、黄子美、凌叔华、陆小曼等都是新月社成员,他们大都受过欧风美雨的洗礼,多带有欧美做派。新月社没有统一的章程,甚至连像样的成立仪式都没有,是一个相对松散的机构。"新月"以1927年为界分为前后两期:前期新月成员主要以新月社和新月社俱乐部成员为主,活动中心在北京;北伐战争开始后,为了躲避战乱,新月成员大量南迁聚首上海,上海时期的新月也被称为后期新月,其基本成员除前期新月的成员外,还加入了许多徐志摩学生辈成员,如陈梦家、方玮德等南京中央大学学生。新月的人员不断在变动。前期新月的活动以每两周举行一次聚餐会为主,聚餐时如有朋友来,只要徐志摩遇见就立即邀请入社;偶尔还会不定期举办朗诵诗会、演剧、元宵灯谜会、读书会等活动。然而谁也不曾想到,如此松散的机构日后会发展成为中国现代文学史上规模最大的社团之一。

---

① 徐志摩.《剧刊》始业//徐志摩全集:第三卷.天津:天津人民出版社,2005:90-91.

在20世纪之初，像徐志摩这样兼有欧美留学生自由开放的视野与胸襟和中国文人雅士喜欢清谈雅集气度的文人，并不多见。新月社，就是在徐志摩的积极倡导和认真筹备下成立的中西合璧式的"文化沙龙"。在陈西滢的眼中，"新月社代表徐志摩，也可以说新月社就是徐志摩"①。在这里，聚集了一帮志同道合的朋友，一起畅谈新文艺与新思想。如果说胡适是"新月的领袖"，那么徐志摩便是"新月的灵魂"②，那些在中国文学史上响当当的名字——胡适、闻一多、朱湘、孙大雨、邵洵美、林徽因、凌叔华、陈梦家、沈从文、卞之琳等，都围绕着他。他不仅是新月社的主要发起人和代表诗人，同时也是新月书店的核心成员、《新月》杂志的主要创办人。"新月"之名，最初就是徐志摩择取印度诗人泰戈尔《新月集》中的"新月"二字而成，意在"它那纤弱的一弯分明暗示着，怀抱着未来的圆满"③。新月社成员的首次集体亮相是在1924年泰戈尔访华时。徐志摩不仅担任泰戈尔此次访华的翻译和旅伴，还倡议排演了泰翁的名剧《齐德拉》："是晚林徽因女士饰契玦腊④，

---

① 陈西滢. 关于"新月社"：复董保中先生的一封信 // 韩石山. 难忘徐志摩. 北京：昆仑出版社，2001：78.
② 梁实秋. 谈徐志摩 // 雅舍小品. 广州：新世纪出版社，1998：185.
③ 徐志摩.《新月》的态度. 新月，1928，1（1）.
④ 通译为"齐德拉"。

泰戈尔访华
泰戈尔（第一排左一）、徐志摩（第三排左一）、林徽因（第二排左二）

张歆海君饰阿纠那，为剧中主角；徐志摩君饰爱神，林宗孟君饰春神，王孟瑜女士、袁昌英女士、蒋百里君、丁燮林君饰村人，张彭春君担任导演，梁思成君担任布景。"[1]无疑，这场演出为成立之初的新月社打开了局面，新月社借势登场，在扩大了自身影响力的同时，也扩充了成员队伍。

无论在北京组建时期的新月社，还是在南迁上海后重组的新月社，徐志摩都是奔走最卖力的，他多方筹措资金，以确保新月社的正常运转。他活泼外向的个性，是新月社成员间情感的黏着剂。梁实秋在谈到徐志摩在新月的重要作用时，一针见

---

[1]《晨报》记者. 竺震旦诞生与爱情名剧《契玦腊》. 晨报，1924-05-10.

血地指出:"真正一团和气使四座并欢的是志摩。他有时迟到,举座奄奄无生气,他一赶到,像一阵旋风卷来,横扫四座,又像是一把火炬把每个人的心都点燃,他有说,有笑,有表情,有动作。至不济也要在这个的肩上拍一下,那一个的脸上摸一把,不是腋下夹着一卷有趣的书报,便是袋里藏着一扎有趣的信札,传示四座,弄得大家都欢喜不置。"[1]在梁实秋看来,"领袖要的是德高望重,应者云从,而灵魂即是生命"。徐志摩在这一方面可以说是具有得天独厚的条件的,他有着丰沛的情感、活泼的头脑,敏锐机智,兴趣广泛,永远洋溢着勃勃的生机,总能引起别人的一团高兴。可以说,"没有徐志摩,新月社的活动很难如期开展;没有徐志摩,新月社的氛围没有那么轻松;没有徐志摩,新月社的书店不会开办,新月社的杂志更不会创办"[2]。

事实上也的确如此。曾经因徐志摩南下而再度活跃起来的后期新月社,在徐志摩遇难后,最终归于沉寂;核心刊物《新月》,尽管在叶公超、胡适等人的勉力维持下出到第四卷第七期,最终也难以为继,风流云散了。

---

[1] 梁实秋. 谈徐志摩 // 雅舍小品. 广州:新世纪出版社,1998:186.
[2] 熊辉. 徐志摩画传. 南昌:江西人民出版社,2015:113.

《新月》杂志

【经典品读】

徐志摩《石虎胡同七号》

我们的小园庭,有时荡漾着无限温柔;
善笑的藤娘,祖酥怀任团团的柿掌绸缪,
百尺的槐翁,在微风中俯身将棠姑抱搂,
黄狗在篱边,守候睡熟的珀儿,他的小友
小雀儿新制求婚的艳曲,在媚唱无休——
我们的小园庭,有时荡漾着无限温柔。

我们的小园庭,有时淡描着依稀的梦景;
雨过的苍茫与满庭荫绿,织成无声幽暝,

小蛙独坐在残兰的胸前,听隔院蚓鸣,
一片化不尽的雨云,倦展在老槐树顶,
掠檐前作圆形的舞旋,是蝙蝠,还是蜻蜓?——
我们的小园庭,有时淡描着依稀的梦景。

我们的小园庭,有时轻喟着一声奈何;
奈何在暴雨时,雨捶下捣烂鲜红无数,
奈何在新秋时,未凋的青叶惆怅地辞树,
奈何在深夜里,月儿乘云艇归去,西墙已度,
远巷薤露的乐音,一阵阵被冷风吹过——
我们的小园庭,有时轻喟着一声奈何。

我们的小园庭,有时沉浸在快乐之中;
雨后的黄昏,满院只美荫,清香与凉风,
大量的蹇翁,巨樽在手,蹇足直指天空,
一斤,两斤,杯底喝尽,满怀酒欢,满面酒红,
连珠的笑声中,浮沉着神仙似的酒翁——
我们的小园庭,有时沉浸在快乐之中。

第一章 志在摩天

"诗是一切的开始与终结"

徐志摩身上有着与生俱来的诗人气质。华兹华斯说过,"诗是一切知识的开始和终结",这句话也可视作对徐志摩一生行事的概括。在他的同代人看来,志摩"谈话是诗,举动是诗,毕生行径都是诗"[1],诗浸润了徐志摩的整个人生。徐志摩似乎是领受了上帝赐予的任务,要完成人世间的使命,那些迸发自"性灵深处"的诗句,是徐志摩一生最大的,也是最为彻底的诗意追求。

"性灵",原是中国传统诗歌创作和评论的重要观点,强调"独抒性灵,不拘格套"[2]。袁枚认为,"诗者,各人之性情耳"[3],这是说诗的本质就是诗人情感的真实流露,所谓抒写

---

[1] 蔡元培. 悼徐志摩挽联 // 徐志摩. 徐志摩全集:第一卷. 北京:中央编译出版社,2014:317.

[2] 袁宏道. 叙小修诗 // 袁宏道集笺校:上. 钱伯城,笺校. 上海:上海古籍出版社,1981:187.

[3] 袁枚. 答施兰垞论诗书 // 袁枚全集:第二册. 南京:江苏古籍出版社,1993:286.

"性灵"，就是强调捕捉真实而微妙的思想情愫。诗歌是诗人性格的外化，"须知有性情，便有格律，格律不在性情外"[①]。徐志摩天生感情细腻，他的诗歌创作追寻的是"筋骨里迸出来，血液里激出来，性灵里跳出来，生命里震荡出来的真纯的思想"[②]。对他而言，"性灵"不仅仅是其文学创作的核心原则，更是深入诗人的精神内核，外化至整个人生的立身行事准则。徐志摩的性灵抒写是与自由个性相联系的，是诗人内心世界的真实袒露。徐志摩一再强调："我想在霜浓月澹的冬夜独自写几行从性灵暖处来的诗句"[③]。"性灵"，不仅是理解徐志摩艺术创作的关键词，也是理解其生命的根本与灵魂之所在的关键词。

在《迎上前去》一诗中，徐志摩写道："我是一只没笼头的野马，我从来不曾站定过。我人是在这社会里活着，我却不是这社会里的一个，像是有离魂病似的，我这躯壳的动静是一件事，我那梦魂的去处又是一件事。我是一个傻子：我曾经妄想在这流动的生里发现一些不变的价值，在这打谎的世上寻出一

---

① 袁枚. 随园诗话. 武汉：崇文书局，2017：3.
② 徐志摩. 迎上前去//徐志摩全集：第二卷. 天津：天津人民出版社，2005：142.
③ 徐志摩. 1927年12月27日日记//徐志摩全集：第五卷. 天津：天津人民出版社，2005：347.

第一章
志在摩天

些不磨灭的真,在我这灵魂的冒险是生命核心里的意义;我永远在无形的经验的巉岩上爬着。"[1]徐志摩,这位天才的诗人无疑是为诗歌而生的。他曾被称为"中国的拜伦",流云飞瀑,闪动的星光,草叶上颤动的露珠,微风中摇动的花须,雷雨时分变幻着的天空,波涛汹涌的大海,都是诗人感兴趣的情景,都能触动诗人的灵感。他擅长捕捉刹那即永恒的瞬间,在瓢泼大雨中守候"那鲜明五彩的虹桥",在冰天雪地里体味那半空中翩翩潇洒的"雪花的快乐"。他喜欢感受光影的变化,流水之光、星月之光、露珠之光、电之光,"在这艳丽的日辉中,只见愉悦与欢舞与生趣,希望,闪烁的希望,在荡漾"。他"在无穷的碧空中,在绿叶的光泽里,在虫鸟的歌吟中,在青草的摇曳中"[2],感悟"夏之荣华,春之成功。春光与希望,是长驻的;自然与人生,是调谐的"[3]。在互道"沙扬娜拉"时,定格那"最是一低头的温柔"。徐志摩是少有的纯粹的诗人,他单纯的信仰正是源于对"性灵"的推崇与追慕,"爱""自

---

[1] 徐志摩. 迎上前去 // 徐志摩全集:第二卷. 天津:天津人民出版社, 2005:144.

[2] 徐志摩. 北戴河海滨的幻想 // 徐志摩全集:第一卷. 天津:天津人民出版社, 2005:449.

[3] 徐志摩. 北戴河海滨的幻想 // 徐志摩全集:第一卷. 天津:天津人民出版社, 2005:449.

由"与"美"在"性灵之根上发芽,抽枝散叶,最终成就了徐志摩之所以为徐志摩的人生图景"①。

徐志摩曾"自剖"道:"我是个好动的人;每回我身体行动的时候,我的思想也仿佛就跟着跳荡。我做的诗,不论它们是怎样的'无聊',有不少是在行旅期中想起来的。我爱动,爱看动的事物,爱活泼的人,爱水,爱空中的飞鸟,爱车窗外掣过的田野山水。"②他承认自己心里有一股"无形的'推力'",整天整夜地恼着、逼着、督着,而"顶明显的关键就是那无形的推力或是冲动,没有它人类就没有科学,没有文学,没有艺术,没有一切超越功利实用性质的创作"③。这既是徐志摩对自身性格的剖析,也是他作诗的秘诀。

朋友眼中,徐志摩做人做事总是至情至性、率性而为的,有"单纯的信仰""烂漫的童真"④。在徐志摩眼中,世间万物都有各自的属性,没有一样是不美的。徐志摩认为,"单纯

---

① 杨国良,钟术学. 性灵·自由·美与爱:诗人徐志摩性灵浅析. 中文自学指导,2008(2).

② 徐志摩. 自剖//徐志摩全集:第二卷. 天津:天津人民出版社,2005:407.

③ 徐志摩. 自剖//徐志摩全集:第二卷. 天津:天津人民出版社,2005:411.

④ 徐志摩. 海滩上种花//徐志摩全集:第三卷. 天津:天津人民出版社,2005:112.

的信心是创作的泉源——这单纯的烂漫的天真是最永久最有力量的东西，阳光烧不焦他，狂风吹不倒他，海水冲不了他，黑暗掩不了他"[1]。林徽因曾夸赞："志摩的最动人的特点，是他那不可信的纯净的天真，对他的理想的愚诚……比我们热诚，比我们天真，比我们对万物都更有信仰，对神，对人，对灵，对自然，对艺术！"[2]文如其人，在徐志摩的一首首浪漫的诗背后，蕴藏着徐志摩浪漫的人生际遇。他主张"生活就是诗"，一叶一花一世界。徐志摩的诗，往往是"写给他爱的人和爱他的人看的"[3]。徐志摩生前出版的诗集中，《志摩的诗》是献给父亲的，《翡冷翠的一夜》是献给陆小曼的。徐志摩的诗在某种意义上，是其生活中真实情感的写照。"我这一生的周折，大都寻得出感情的线索"[4]，这便是解锁并理解徐志摩其文其人的最有效路径。

---

[1] 徐志摩.海滩上种花//徐志摩全集：第三卷.天津：天津人民出版社，2005：110-111.

[2] 林徽因.悼志摩.北平晨报，1931-12-07.

[3] 蓝棣之.现代诗的情感与形式.北京：人民文学出版社，2002：41.

[4] 徐志摩.我所知道的康桥//徐志摩全集：第二卷.天津：天津人民出版社，2005：334.

【经典品读】

徐志摩《常州天宁寺闻礼忏声》（节选）

有如在火一般可爱的阳光里，偃卧在长梗的，杂乱的丛草里，听初夏第一声的鹧鸪，从天边直响入云中，从云中又回响到天边；

有如在月夜的沙漠里，月光温柔的手指，轻轻的抚摩着一颗颗热伤了的砂砾，在鹅绒般软滑的热带的空气里，听一个骆驼的铃声，轻灵的，轻灵的，在远处响着，近了，近了，又远了……

有如在一个荒凉的山谷里，大胆的黄昏星，独自临照着阳光死去了的宇宙，野草与野树默默的祈祷着，听一个瞎子，手扶着一个幼童，铛的一响算命锣，在这黑沉沉的世界里回响着；

有如在大海里的一块礁石上，浪涛像猛虎般的狂扑着，天空紧紧的绷着黑云的厚幕，听大海向那威吓着的风暴，低声的，柔声的，忏悔他一切的罪恶；

有如在喜马拉雅的顶巅，听天外的风，追赶着天外的云的急步声，在无数雪亮的山壑间回响着；

有如在生命的舞台的幕背，听空虚的笑声，失望与痛苦的呼吁声，残杀与淫暴的狂欢声，厌世与自杀的高歌声，在生命的舞台上合奏着；

　　我听着了天宁寺的礼忏声！

【我来品说】

1. 为什么说徐志摩是新月派的灵魂？
2. 结合徐志摩的诗歌创作，谈谈你对"性灵"的理解。

第二章 康桥:"精神依恋之乡"

> **导读**
>
> 认识康桥,对于很多中国人来说,是从阅读徐志摩的诗开始的。徐志摩和康桥是密不可分的整体,研读徐志摩,"康桥"是一个无论如何都绕不开的话题。徐志摩缘何称"康桥"为自己的"精神依恋之乡"?康桥又是如何使一个曾经抱定要做中国的汉密尔顿的年轻人,选择"弃政从文"的?徐志摩又是如何展示他心中的康桥的?

第二章
康桥:"精神依恋之乡"

从1872年起,由容闳首倡,在曾国藩、李鸿章的支持下,清政府开始派出留学生,希望留学生们能够接受先进教育,吸收他国的长处,达到"师夷长技以制夷"的目的。戊戌变法前后,中国出现了青年学生留学潮,留学生们以或公派或自费的方式走出国门、走向世界。留学目的地大多是欧美、日本等世界强国。以中国现代作家为例,鲁迅留日,胡适留美,郭沫若留日,田汉留日,闻一多留美,洪深留美,夏衍留日,郁达夫留日,成仿吾留日,丁西林留英,艾青留法,冰心留美,梁实秋留美,丰子恺留日,穆木天留日,冯志留德,戴望舒留法,李金发留法,老舍任教于英国,曹禺访学于美国……

徐志摩是20世纪初青年留学生中的一员。他曾先后求学于美国哥伦比亚大学、英国伦敦政治经济学院和英国剑桥大学。徐志摩笔下的"康桥"就是剑桥。

康桥与徐志摩到底有怎样的情缘,康桥对于徐志摩到底意味着什么?让我们一起走进徐志摩的"康桥世界",仔细探寻。

留学美英

1918年8月14日，时年22岁的徐志摩在上海十六浦码头，乘坐"南京"号邮轮赴美，徐志摩的老祖母及徐申如夫妇前往上海码头为志摩送行。此番同船前往美国的，有清华庚子赔款留学生，以及自费留学生，徐志摩属于自费留学生之列。徐志摩这一代留学生怀揣"善用其所学，以利导我国"的梦想渡海，希望通过所学强国御辱。徐志摩在旅途中写就的《民国七年八月十四日启行赴美分致亲友文》，约有千字，激情洋溢，展现了青年徐志摩的拳拳爱国之心以及远大的报国理想和刻苦自励的决心，其针砭时弊的政论文风，颇有恩师梁启超《少年中国说》的神韵。

【经典品读】

徐志摩《民国七年八月十四日启行赴美分致亲友文》（节选）

窃闻之，谋不出几席者，忧隐于眉睫，足不逾阃里者，知拘于蓬蒿。诸先生于志摩之行也，岂不曰国难方兴，忧心如捣，室如悬磬，野无青草，嗟尔青年，维国之宝，慎尔所习，以骖我脑。诚哉，是摩之所以引惕而自励也。

传曰：父母在，不远游。今弃祖国五万里，违父母之养，入异俗之域，舍安乐而耽劳苦，固未尝不痛心欲泣，而卒不得已者，将以忍小剧而克大绪也。耻德业之不立，遑恤斯须之辛苦，悼邦国之殄瘁，敢恋晨昏之小节，刘子舞剑，良有以也。祖生击楫，岂徒然哉？惟以华夏文物之邦，不能使有志之士，左右逢源，至于跋涉间关，乞他人之糟粕，作无惨之妄想，其亦可悲而可恸矣。

············

所谓青年爱国者何如？尝试论之：夫读书至于感怀国难，决然远迈，方其浮海而东也，岂不慨然以天下为己任；及其足履目击，动魄刳心，未尝不握拳呼天，油然发其爱国之忱。其竟学而归，又未尝不思善用其所学，以利导我国家。虽然，我徒见其初而已，得志而后，能毋徇私营利，犯天下之大不韪者鲜矣。又安望以性命，任天下之重哉？夫西人贾竖之属，皆知爱其国，而吾所恃以为国宝者，咻咻乎不举其国而售之不止。即有一二英俊不谄之士，号呼奔走，而大厦将倾，固非一木所能支，且社会道

> 德日益滔滔，庸庸者流引鸩自绝，而莫之止，虽欲不死得乎？窃以是窥其隐矣。

经过多日的海上漂泊，徐志摩终于在1918年9月4日抵达了美利坚。他最初就读于美国马萨诸塞州克拉克大学，所选专业是历史学。1919年夏天，徐志摩获得克拉克大学一等荣誉学位，同时还申请到赴哥伦比亚大学攻读硕士学位的机会。在哥伦比亚大学，他所学专业并非文学而是政治学。做出这样的选择，源于徐志摩与父亲共同的理想："我父亲送我出洋留学是要我将来进'金融界'的，我自己最高的野心是想做一个中国的Hamilton（汉密尔顿）。"[①]徐志摩提到的汉密尔顿，即亚历山大·汉密尔顿，是哥伦比亚大学的杰出校友，美国开国元勋，曾担任美国第一任财政部部长，是美国宪法起草人之一。留美之初的徐志摩将汉密尔顿视为人生偶像，他最初的留学梦想，是希望有一天能成为中国的汉密尔顿·徐。经过一年多的勤奋苦学，徐志摩终于顺利获得了哥伦比亚大学的硕士学位。

1920年10月，徐志摩"摆脱了哥伦比亚大学博士衔的引诱，买船漂过大西洋"，抵达英国。谈及自己匆匆离美的原因

---

① 徐志摩.《猛虎集》序//徐志摩全集：第三卷.天津：天津人民出版社，2005：392.

时，诗人解释说是为了去追随当时在剑桥执教的哲学家罗素，"想跟这位二十世纪的福禄拜尔认真念一点书去"①。然而，造化弄人，徐志摩却未能第一时间见到自己仰慕已久的精神导师罗素。留学英伦期间，徐志摩首先进入伦敦政治经济学院就读，所学专业亦非文学，而是攻读政治学博士学位，但是半年后，就匆匆离开了伦敦。后在著名学者、作家狄更生（又译狄金森）的帮忙下，徐志摩得以进入剑桥大学，他在给傅来义（Roger Fry）的信中，对狄更生的感激之情，溢于言表："我一直认为，自己一生最大的机缘是得遇狄更生先生。是因着他，我才能进剑桥享受这些快乐的日子，而我对文学艺术的兴趣也就这样固定成形了。"②

---

① 徐志摩. 我所知道的康桥//徐志摩全集：第二卷. 天津：天津人民出版社，2005：334.

② 徐志摩. 致傅来义（1922年8月7日）//徐志摩书信集. 天津：天津人民出版社，2006：415.

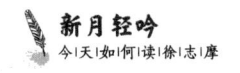

"发现"康桥

"康桥"即剑桥,是英国著名的高等学府剑桥大学所在地。徐志摩抵达康桥之前,在美国已有两年的留学经历,并且还获得了哥伦比亚大学的硕士学位,收获不可谓不丰厚。徐志摩在剑桥留学的一年半的时间里,不仅没有获得任何学位,甚至连一篇像样的论文都没有写过,然而,他却对康桥情有独钟。

剑桥大学国王学院

第二章
康桥:"精神依恋之乡"

徐志摩曾在《吸烟与文化》一文中,将自己的留美生活和留英时光进行了细致的对比。他形容自己在美国的留学生活主要是忙着"上课,听讲,写考卷,啃橡皮糖,看电影,赌咒"[1],而在康桥的生活则是不一样的,他忙着"散步,划船,骑自转车,抽烟,闲谈,吃五点钟茶牛油烤饼,看闲书"[2],总体来说,无论是在英国还是在美国,徐志摩的生活都算不得忙碌,功课之余可以说是比较悠闲自在的了。不同的是,美国的教育充满了"学分""补考""不及格"。天性崇尚自由的徐志摩在美留学期间,不得不为了拿到学位,选修并不十分喜欢的课程;不得不为了应付考试,而临时抱佛脚。他对"机械性买卖性的教育腻烦透了"[3],渴望绝对闲暇的环境,任自己的心智自由地发展。

1921年春,徐志摩以特别生的身份,开启了他"黑方巾、黑披袍"的求学时光。这是徐志摩与康桥最初,也是历时最久、最亲密的接触。然而,起初徐志摩对康桥的生活并不十分满意。在康桥留学的前半年,徐志摩租住在沙士顿。沙士顿是

---

[1] 徐志摩. 吸烟与文化//徐志摩全集:第二卷. 天津:天津人民出版社,2005:331.

[2] 徐志摩. 吸烟与文化//徐志摩全集:第二卷. 天津:天津人民出版社,2005:331.

[3] 徐志摩. 吸烟与文化//徐志摩全集:第二卷. 天津:天津人民出版社,2005:332.

距离剑桥大约六英里（1英里约合1.61千米）的一个小镇，徐志摩每天需要乘坐街车或骑自行车二十多分钟才能抵达剑桥校区。最初的半年，徐志摩在康桥还只是个陌生人，"谁都不认识，康桥的生活，可以说完全不曾尝着，我知道的只是一个图书馆，几个课室，和三两个吃便宜饭的茶食铺子"[①]。这一年的夏天，徐志摩离开沙士顿，独自一人搬到剑桥大学校区，"才有机会接近真正的康桥生活"[②]，慢慢地"发现"了康桥。

在康桥，徐志摩接受的是自由教育。康桥，以一种截然不同的文化姿态，出现在徐志摩的视野里。康桥特殊的学院制与导师制，以及所奉行的独特的精英与人文教育理念，给予徐志摩极大的自由。这种自由教育的目的在于培养"拥有足够的财富、闲暇、涵养和信心"[③]的绅士，"培养健全的精神，大学与其说是学术研究的场所，不如说是居住与讨论的场所"[④]，"去了剑桥后，他才真正认识自己的个性和能力，他从前那种以国

---

① 徐志摩. 我所知道的康桥 // 徐志摩全集：第二卷. 天津：天津人民出版社，2005：335.

② 徐志摩. 我所知道的康桥 // 徐志摩全集：第二卷. 天津：天津人民出版社，2005：335.

③ 奥尔德里奇. 简明英国教育史. 诸惠芳, 李洪绪, 严斌茵, 译. 北京：人民教育出版社，1987：26.

④ 奥尔德里奇. 简明英国教育史. 诸惠芳, 李洪绪, 严斌茵, 译. 北京：人民教育出版社，1987：26.

家意识为中心的使命感,逐渐为个人主义所取替……"①。徐志摩在这里找到了他灵魂栖息的所在,这就难怪诗人对这段时光总是格外怀念,他曾在《吸烟与文化》一文中深情写道:

我在康桥的日子可真是享福,深怕这辈子再也得不到那样蜜甜的机会了。我不敢说康桥给了我多少学问或是教会了我什么。我不敢说受了康桥的洗礼,一个人就会变气息,脱凡胎。我敢说的只是——就我个人说,我的眼是康桥教我睁的,我的求知欲是康桥给我拨动的,我的自我的意识是康桥给我胚胎的。②

徐志摩"发现"康桥的过程,其实也是诗人自我发现的重要阶段。康桥对他的影响无疑是深远的,康桥秀丽的自然风光与自由的人文气息,都让徐志摩打开了眼界,走向了一种求知、求美的境界。在康河的柔波里,徐志摩的诗情被点燃,诗人谈到自己创作之初的体验时说道:

有些像是山洪暴发,不分方向的乱冲。那就是我最早写诗

---

① 李欧梵. 李欧梵自选集. 上海:上海教育出版社,2002:116.
② 徐志摩. 吸烟与文化//徐志摩全集:第二卷. 天津:天津人民出版社,2005:331.

那半年，生命受了一种伟大力量的震撼，什么半成熟的未成熟的意念都在指顾间散作缤纷的花雨。我那时是绝无依傍，也不知顾虑，心头有什么积郁，就付腕底胡乱给爬梳了去，救命似的迫切，哪还顾得了什么美丑！①

康桥的经历，对年轻的徐志摩来讲，也是一次迅速成长的机会。徐志摩在康桥，经历了婚姻、爱情的诸多变故，同时又结识了英伦诸多社会名流，他以一己之力闯入了英国著名的布鲁姆斯伯里文化圈，这些都在潜移默化中影响并改变着诗人的世界观、人生观和价值观。如果说，留学美国带给徐志摩的是从经济学到政治学的转向；那么，康桥带给徐志摩的像是一次重生，一种洗礼，在这一时期的徐志摩收获了生命中一个珍贵的转折点——弃政从文。在康桥的日子里，徐志摩广泛接触西方文化，在康桥的空气中浸染，诗意地栖居，度过了一段自我成长、自我塑造的旅居生活。也正是这段经历，激发了徐志摩潜藏着的诗人气质，诗人"创造的喷泉"从此一发不可收拾。"康桥"之于徐志摩，绝不仅仅是一片留学的热土，更是心灵的起点和栖居地，被诗人珍视为"精神依恋之乡"。徐志摩之于"康桥"，不仅仅是作为留学生的徐志摩在康河的柔波

---

① 徐志摩.《猛虎集》序//徐志摩全集：第三卷.天津：天津人民出版社，2005：393.

里，写就那一首首脍炙人口的康桥系列诗；更重要的是，作为社交达人的徐志摩，在中英交流史上，担当起了文化交流的使命，成为中国"剑桥神话的创造者"之一，被载入了剑桥文学史册。

徐志摩对康桥念念不忘，康桥也留下了徐志摩的足迹。2008年，剑桥大学国王学院为了纪念这位杰出的校友，在康河河畔为其立了一块纪念石，上面镌刻着徐志摩《再别康桥》中的诗句，"轻轻的我走了，正如我轻轻的来"，"我挥一挥衣袖，不带走一片云彩"，以这样的方式，徐志摩与他一生牵挂的康桥联结在了一起。

剑桥国王学院里的纪念石，上刻徐志摩诗句

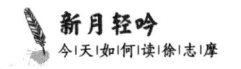

康桥即景

"康桥"是徐志摩文学创作中的重要母题之一。康河的柔波,唤醒了徐志摩心中的缪斯,打开了他尘封已久的诗情的阀门。诗人提起康桥,总是充满了"无限的柔情"。已知徐志摩发表的诗歌中最早的一首《草上的露珠儿》,就写于康桥时期。他在诗文中从不吝惜礼赞康桥的笔墨,许多作品索性就直接以"康桥""康河"为题,除了《再别康桥》外,还有《我所知道的康桥》《康桥再会罢》《康桥西野暮色》《康河晚照即景》等。徐志摩也曾周游世界,浪游多地,国外翡冷翠(佛罗伦萨)、巴黎、莫斯科等城市,我国泰山、天目山、北戴河等地,都是他诗文中的常客。然而,唯独那特定时空中的康桥,承载了诗人"思乡的隐忧",诗人曾于1922年至1928年,历时七年,不断书写康桥,这在诗人并不算长的人生旅程中,是个值得关注的现象。

留学康桥的这段时间,他无数次被康桥边"晚钟撼动的黄昏,没遮拦的田野"所吸引,"独自斜倚在软草里,看第一个大星在天边出现"①。恰如他自己所述的那样,"整十年前我吹着了一阵奇异的风,也许照着了什么奇异的月色,从此起我的思想就倾向于分行的抒写"②。徐志摩写诗没有可追溯的家学渊源,他自己攻读的专业也与文学并无直接关联,恰恰是诗人身处异域,古风古色的康桥风情激起了诗人"心灵革命的怒潮"。在康桥的这段时间,徐志摩完成了自我的精神自新、艺术自新和思想自新,开始了诗歌创作的尝试。他的不少诗作中都留下了康桥的影子,康桥的风物构成了他诗歌中独特的景致。"康桥"系列主题创作,显示了徐志摩对康桥细腻的观察与别致的描绘。这些诗作于诗人留英期间和归国后,大多围绕康桥展开,内容主要涉及三个方面:一是"康桥的天然景色",二是"康桥的学生生活",三是恬静祥和的乡村生活。

《康桥西野暮色》是徐志摩1922年8月间在英国创作的一首诗歌,后来发表在1923年7月6日的《时事新报·学灯》上。徐志摩曾为这首诗写了一篇引言,具体阐明了他作此诗的意图和他的诗歌主张。徐志摩认为,文字的断句凭借的应该是写作时

---

① 徐志摩.我所知道的康桥//徐志摩全集:第二卷.天津:天津人民出版社,2005:344.

② 徐志摩.《猛虎集》序//徐志摩全集:第三卷.天津:天津人民出版社,2005:392.

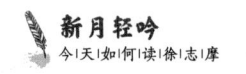

那自然的语气，自然的感情流露，嘴里说什么笔下就写什么，写出的诗句无须特别用什么句读的方式来标明。他还举出西方文学作品的诸多例子，证明句读并不是必需之事，更是推崇爱尔兰作家乔伊斯的《尤利西斯》，认为这部作品流淌直下，痛快得很。徐志摩直白地对句读提出抗议，认为新诗的写作废除句读实在是寻常之事，更是新诗发展的应有之义，这首《康桥西野暮色》便是无句读诗歌的探索之作。

  一个大红日挂在西天
  紫云绯云褐云
  簇簇斑斑田田
  青草黄田白水
  郁郁密密鬖鬖
  红瓣黑蕊长梗
  罂粟花三三两两

  一大块透明的琥珀
  千百折云凹云凸
  南天北天暗暗默默
  东天中天舒舒阔阔
  宇宙在寂静中构合

太阳在头赫里告别

一阵临风

几声"可可"

一颗大胆的明星

仿佛骄矜的小艇

抵牾着云涛云潮

兀兀漂漂潇潇

侧眼看暮焰沉销

回头见伙伴来!

晚霞在林间田里

晚霞在原上溪底

晚霞在风头风尾

晚霞在村姑眉际

晚霞在燕喉鸦背

晚霞在鸡啼犬吠

晚霞在田垅陌上

陌上田垅行人种种

白发的老妇老翁

屈躬咳嗽龙钟

农夫工罢回家

肩锄手篮口衔菸巴

白衣裳的红腮女郎

攀折几茎白葩红英

笑盈盈瞥入绿荫森森

跟着肥满蓬松的"北京"

罂粟在凉园里摇曳

白杨树上一阵鸦啼

夕照只剩了几痕紫气

满天镶嵌着星巨星细

田里路上寂无声响

榆荫里的村屋微泄灯芒

冉冉有风打树叶的抑扬

前面远远的树影塔光

罂粟老鸦宇宙婴孩

一齐沉沉奄奄眠熟了也[①]

整首诗不用句读，仅凭借白话文的语言习惯流畅自然地

---

① 徐志摩．康桥西野暮色//徐志摩全集：第四卷．天津：天津人民出版社，2005：54-55.

第二章
康桥："精神依恋之乡"

带动时空流转。全诗一气呵成，排列的意象和色彩勾勒出了康桥暮色之景，所用的语言通俗易懂，比如形容天空中的红日是"一个大红日挂在西天"，带有其早期诗歌创作的特点，与他后来优美、浪漫、灵动的诗歌作品是有较大差异的。这种简单排列意象的方式，的确使诗歌不用句读也能读得明白。这种书写方式与中国人说话的语言习惯完全吻合，就好比我们在读马致远的《天净沙·秋思》时，三句排列的九个意象，非但没有让我们觉得摸不着头脑，反而妙趣横生。这首诗像诗人自己所说的那样，毫无添加句读的必要，加上只能是画蛇添足。再进一步看诗人所写的这些意象和色彩，多是秋丽的颜色：云因为红日将落，染成紫色、绯色、褐色，再不像白天那般洁白，青草郁郁密密，黄田在草地上构成一片片斑点，水面因反光而发白。徐志摩选取意象的能力和抓取意象核心特点构成诗句的能力，在此时就已经展露无遗。在他眼中，日暮时分冒出头的明星是骄矜的，像一艘小艇在晚霞的层云间穿梭，呼朋引伴拉开夜的帷幕。晚霞倒映在每个人眼中，倒映在田间地头上，倒映在风的轻抚中。忽而视线一转，又转向田间匆忙行走的人们，日出而作日落而息的规律生活，颇有一番静谧意趣。时间倏而压缩了，在意象迭转过程中，夜已深，一切又都归于安静了。诗人用审美的心去观察周遭的世界，他所看到的颜色是精心调配过的，他所领悟的风景是如入画境的。整首诗在意象的更替中，带来时空的转换，以有限的字句成就无限的诗情，这恐怕就表现了一位诗人的性灵。

值得注意的是徐志摩对色彩和动静对比的运用。沈从文评价徐志摩时曾说，他擅长使用色彩，常常拿捏艳丽的色泽使诗歌显示出一种"浓得化不开"的丰富感。诗人尤其注重颜色搭配使用，诗中对田间女郎的描写值得品味。女郎身着白衣，脸色微红，手中折的是白花、红花，笑盈盈走进了一片绿色的阴影中去。白衣红面呼应红白相间的花朵，色泽冲突已然足够强烈，再加之绿色的整体背景，由文字而联想到图画，视觉上的色彩一定更加突出。再加之白发的老妇、老翁从田间回家，头顶是被日光烧出色泽的云，更增添一份恬静之美。在动静对比方面，日落时分云烧得热烈，意象接连出现，我们能感受到一种动态之美，入夜后万籁俱寂，这又是一种静态之美；田间相伴行走的白发老人和红腮女郎虽然都是动态，但是步伐一慢一快又是一层对比。最后，入夜时，"田间路上寂无声响"，村屋中微泄的灯芒，"树影塔光"，都一齐沉沉睡熟，更添了一分静谧。全诗通篇未提时间，只以意象迭转的方式，就烘托出一幅暮色图，显示出徐志摩极强的造"境"功力。

徐志摩尤爱暮色中的康桥，发表于1923年5月10日《小说月报》的《康河晚照即景》，同样是一首摹写康桥黄昏的诗作：

第二章
康桥:"精神依恋之乡"

暮色中的康桥

这心灵深处的欢畅,

这情绪境界的壮旷;

任天堂沉沦,地狱开放,

毁不了我内府宝藏![1]

这首诗的特别之处在于,通篇未用一点笔墨描写康河晚照的景色,只是抒发自己看到这景色之后心旷神怡的感受,不论是天堂还是地狱的变化,都无法影响康河晚照及康桥经验给作者带来的成长。这首诗虽不直写康河晚照的绚烂景致,却以作者的主观感受带给我们一种震撼。《康桥西野暮色》全文未出现作者的踪迹,仅仅是描写所见,便足够动人。《康河晚照即景》通篇没有客观景色,全部是主观心绪的表露。两首诗歌结

---

[1] 徐志摩.康河晚照即景.小说月报,1923,14(5).

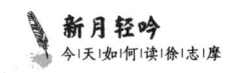

合,足见康桥风物的动人,情随景动,景含情意。

《夏日田间即景(近沙士顿)》作于1922年4月30日,是徐志摩重游沙士顿时的即兴创作。在整首诗中,"南风熏熏","草木青青",和暖的阳光,满天的云朵,麦浪中笑语盈盈的农夫农妇,以及关心收成的诗人,共同构成了一幅明丽、恬静、惬意的英伦乡村风情画。《"春"》写于1922年春日,全诗以康河两岸的春景为题,诗人有感于康河两岸"榆荫密覆,大道纡回,一望葱翠,春光浓郁"[①],用文字绘就了这幅康河春景图。不同于朱自清笔下那繁复明艳的春景,徐志摩仿佛化身导游,边点头边微笑,带领读者一同在康河的春景中游历,一会儿在青草边驻足,一会儿又去"观赏这青透春透的围囿"。尽管万物双双对对,诗人却并不感到孤独,反而独享这份孤独,怀抱着春的希望,应答着"青春的呼唤",不由"热奋震颤"。

这四首诗代表了徐志摩早期诗歌的风格特点——"情感的无关阑的泛滥"[②]。诗人浪漫主义倾向明显,诗中洋溢着对"康桥"的真挚情感。诗人"沉溺在康桥的景物中间",将西式的风情用中西结合的笔触细致地加以描摹。"景物之中有作者,

---

① 徐志摩. "春". 时事新报·学灯, 1923-05-30.
② 徐志摩. 《猛虎集》序//徐志摩全集:第三卷. 天津:天津人民出版社, 2005:393.

作者心中有景物，错综变化，把景物与心情混成一片，那一番交情也就在这上头见出了。"①徐志摩与康桥的自然景物，心心相印。充满灵性的诗人与充满灵气的自然风光，完美地邂逅，发生了剧烈的化学反应，成就了一个中国诗人笔下独有的康桥风光。

康桥文化

康桥文化是以剑桥大学为核心形成的。剑桥大学像一座郁郁葱葱的古老城堡，又像一个开阔的天然公园。它是一所没有围墙的学校，绝大多数学院都分布在剑河两岸，是世界上最为古老的学校之一，创立于1209年，至今已有八百多年的历史，设有三十多所学院，享有"诺贝尔奖的摇篮"的美誉。剑桥大学的校徽取材于盾形，盾形是西方贵族的家徽形状，象征着荣耀、庄重、高贵、典雅。剑桥的绝大多数学院都有着浓厚的贵族色彩，它们的创办人大多是国王、王后、宫廷贵族、主教以及富豪。剑桥大学坚持"以自由教育造就绅士"的教育理念，为国家培养所需的精英人才。因此，来剑桥深造就意味着前程似锦。截至2020年，剑桥学子中已有15人出任过英国首相，

---

① 叶圣陶，朱自清. 精读指导举隅 略读指导举隅. 郑州：河南教育出版社，1989：73.

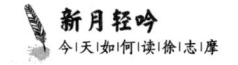

121人曾获得诺贝尔奖。20世纪20年代在这里讲学和从事研究的就有哲学家罗素、怀特海、维特根斯坦,文学家威尔斯、狄更生、嘉本特(爱德华·卡彭特)、曼殊斐尔,艺术家傅来义,汉学家魏雷、卞因等知名人士。另外,宗教势力在剑桥不像在牛津那么强大,因此,剑桥的自由和独立色彩较为浓郁。

"三别"康桥

徐志摩曾三次来到康桥，又三度与康桥告别。1921年春徐志摩入国王学院至1922年8月17日回国，历时一年半左右，这是徐志摩的首次康桥之旅；第二次是在1925年3月到7月徐志摩旅欧访问期间，大约是在1925年7月上旬，诗人又一次到访康桥，这一次时间相对较短，前后不过半月余；第三次是在1928年8月，徐志摩访问欧洲时，取道剑桥，短暂停留。三次的康桥之行，加起来不足两年的时间，却成为徐志摩人生的重要转折。康桥的生活是徐志摩人生中永不可复制的华彩乐章。诗人对康桥的追慕，不仅仅停留在自然风景中，更表现为对英伦深厚的人文风景的渴求。徐志摩与康桥的"三别"，成就了"他与康桥一番永远不能忘记的交情"[1]，也成就了三篇与"康桥"话别的不朽之作：《康桥再会罢》《我所知道的康桥》《再别康桥》。

---

[1] 叶圣陶，朱自清. 精读指导举隅 略读指导举隅. 郑州：河南教育出版社，1989：73.

《康桥再会罢》这首诗写于1922年8月10日诗人即将启程归国之际，1923年3月12日在上海《时事新报·学灯》发表，这是徐志摩与康桥的第一次挥别；《我所知道的康桥》是诗人第二次作别康桥后的创作，1925年春夏间，徐志摩第二次游学欧洲，归国后于1926年1月15日创作了这篇散文。《我所知道的康桥》，原载于1926年1月16日至25日的《晨报副刊》。《我所知道的康桥》主要写1921年春到1922年8月徐志摩在剑桥大学国王学院留学前后的所见所闻、所思所想，是典型的身在故园、遥望他乡之作。《再别康桥》是徐志摩与康桥的最后告别，这首诗写于1928年的归途之中。1928年6月徐志摩第三次访问欧洲等地，8月初，徐志摩绕道拜访哲学家罗素，并在罗素家中逗留一夜，之后在没有提前预约的情况下，一个人悄悄来到康桥遍访他曾经的朋友们，但遗憾的是全都扑了个空，只有他熟悉的康桥一直在默默守候着他的归来。是年11月6日，诗人于归国途中，写就了他的不朽之作《再别康桥》。这首诗最初刊载于1928年12月10日《新月》月刊第1卷第10号，距离《我所知道的康桥》发表已有近三年的时间，这首诗是诗人"康桥"系列诗歌的巅峰之作，至此，徐志摩"康桥"系列创作才算画上了圆满的句号。

康桥是徐志摩的精神故乡。徐志摩的"文学之眼、爱情之眼、人生社会的理想之眼都是在与康桥相遇的那一瞬间打开的"[1]。诗人早想谈谈康桥,"又怕亵渎了它似的始终不曾出口"[2]。徐志摩对康桥有着无限的恋慕,但却是爱在心头,口难开,"一个人要写他最心爱的对象,不论是人是地,是多么使他为难的一个工作?你怕,你怕描坏了它,你怕说过分了恼了它,你怕说太谨慎辜负了它"[3]。1922年诗人第一次挥别康桥后,"康桥"于徐志摩而言,仿佛就是"一座永远无法再次进入的城堡"。

"一别""二别""三别","别"是三篇"康桥"之作的关键词。中国传统诗歌不乏别离诗,但大多是与"人"作别,多为"执手相看泪眼,竟无语凝噎"之类的缠绵。《康桥再会罢》《我所知道的康桥》《再别康桥》作别的并非具体的某个人,而是特定时空中的某个地方。徐志摩挥别的也不仅仅是现实时空中的某地,而是时间泛叙中的康桥,谈到的是"情绪中的康桥",是积淀于诗人心中的康桥意象,而不是"眼界中的康桥"[4]。

---

[1] 王玉宝. 一座永远无法再次进入的城堡:论徐志摩的"康桥情结". 名作欣赏, 2005(18).

[2] 徐志摩. 吸烟与文化//徐志摩全集:第二卷. 天津:天津人民出版社, 2005:331.

[3] 徐志摩. 我所知道的康桥//徐志摩全集:第二卷. 天津:天津人民出版社, 2005:336.

[4] 叶圣陶,朱自清. 精读指导举隅 略读指导举隅. 郑州:河南教育出版社, 1989:82.

1922年8月，徐志摩抛却了好不容易才得到的剑桥大学国王学院正式生的身份，毅然启程回国。9月中旬，徐志摩在法国的马赛港，乘坐了一艘叫"三岛丸"的日本远洋客货轮船，经过一个月的海上颠簸，终于在10月15日，顺利抵达了上海码头。徐志摩此次突然回国，一方面是因为恩师梁启超筹备中的"中国文艺复兴"计划正缺人手；另一方面是为在"茫茫人海中访我唯一灵魂之伴侣"林徽因。徐志摩匆匆结束了英伦的留学生活，临行前写下了这首《康桥再会罢》。全诗共分三节：首节叙述了自己当年"辞别家乡父母，登太平洋去"海外求学的历程；第二节集中描绘了"明月""云纹""霞彩"等康桥的自然风景；第三节诗人咏叹："康桥！你岂非是我生命的源泉？""你惠我真品，数不胜数"，再次表达对康桥的感念之情。全诗共计千余字，诗人回顾了自己告别家人，只身留学的孤独和酸楚与对家乡的思念，恰在此时，康桥扮演了他精神故乡的角色，成为他记忆中另一块值得珍藏的沃土。诗人在多年的留学生涯中，习得知识，开阔视野，在康桥收获了心灵的成长，康桥的一花一叶间都留下了诗人的记忆。他曾充满依恋地说，康桥之于他，"如慈母之于睡儿"[1]，这种情感不可谓不深刻。有趣的是，诗的开头写自己离开故土，远赴英美的离乡愁

---

[1] 徐志摩．康桥再会罢//徐志摩全集：第四卷．天津：天津人民出版社，2005：63.

第二章
康桥:"精神依恋之乡"

绪;诗的结尾,即将留学归国,反而认为"虽归乡土",临行感受却与当年离家赴远的感受相通。这一首一尾,一来一去,自是"别有一番滋味在心头"。诗人为了一段可能的恋情,决然放弃了自己的家庭和学业,然而这场恋爱是否会有结果,可能诗人内心也没有十足的把握。尽管是离别诗,但诗人并未陷入哀哀戚戚的情绪之中,全诗格调明快乐观,并在诗的末尾同"康桥"订立了一个美丽的约定:"我今去了,记好明春新杨梅/上市时节,盼望我含笑归来"。全诗在"再见罢,我爱的康桥"中收束,给读者留了一个光明的尾巴。整首诗情感汪洋恣肆,满蕴着"纯美精神"。徐志摩在这首诗的诗体上进行了大胆的尝试,即实验行与句分离,自由排列,每一行诗并非一个意义完整的句子,却使诗歌的外在形式看起来比较均齐。徐志摩在现代新诗形式上的这次探索,弄得当时刊登此诗的《时事新报·学灯》编辑们一头雾水,在1923年3月12日,《康桥再会罢》发表时,就闹了一场乌龙。3月25日又刊登了一次。编辑在按语中说,《康桥再会罢》原是一首诗,却被排成连贯的散文,诗人创作这首诗的本意,是创建新的诗体,即以十一字为一行,"意在仿英文的Blak verse不用韵而有一贯的音节与多少一致的尺度",意在创作一种新的体裁,不意由于编辑疏忽把它的特点掩掉了。然而编辑们第二次加以调整,却又一次将原稿的篇幅搞乱了,尾巴甩上了脖子,鼻子长到下巴底下去了,直到第三次才勉强给排清楚。[①]然而这三次出错,却也使得这首诗格外引人注意,令徐志摩的诗名大噪。

　　1925年诗人将这首《康桥再会罢》收录到自己的第一部诗集《志摩的诗》中,但1928年诗集再版时却将这首诗删去。诗人曾这样解释道:"我这第一本当然是一碗杂碎,黄瓜与西瓜拌在一起,羊肉与牛肉烧成一堆,想着都有些寒伧。至少这集子里该删的诗还不少;周先生念不下去的那首《康桥》简直不是东西,当然应该劈去……"[②]不难看出,对于这篇早期的康桥诗作,随着时间和阅历的增长,徐志摩并不十分满意。然而,如果以今人的眼光来看,《康桥再会罢》虽显诗艺的稚嫩,却表现出了难得的乐观昂扬的激情,亦可以看作《再别康桥》的先导篇。

　　康桥给予徐志摩"单独"生活的自由,开启了徐志摩的诗歌创作。徐志摩本来是可以在美国哥伦比亚大学继续攻读博士学位的,但是他却选择来到英国,这是受了罗素的影响。英国哲学家罗素曾经应梁启超的邀请来到中国讲学,在1920年10月至1921年7月期间,他访问了上海、南京、杭州等多地,对当时的知识青年产生很大的影响,远在美国的徐志摩也有所耳闻,决意要跟随罗

[①] 韩石山. 徐志摩传. 北京:北京十月文艺出版社,2001:105.
[②] 徐志摩.《志摩的诗》附注 // 徐志摩全集:第二卷. 天津:天津人民出版社,2005:205.

第二章
康桥:"精神依恋之乡"

素的脚步,到英国学习。然而不巧的是,当徐志摩到达伦敦时,才得知罗素原来已经被剑桥三一学院除名,徐志摩只能暂时在英国安顿下来,进入伦敦政治经济学院攻读政治学博士。在英国的这段时光,徐志摩广泛地结交友人,与英国文坛的学者、作家进行不少交流,可以说,这一段时间是徐志摩诗情的培育阶段,是徐志摩走近文学、进入文学世界的一段珍贵经历。徐志摩在《我所知道的康桥》中说"单独"是耐人寻味的,几乎是构成了发现自己、发现朋友、发现世界的一个必要途径,在这种独处的环境中,徐志摩产生了诸多感慨,他说:

说也奇怪,竟像是第一次,我辨认了星月的光明,草的青,花的香,流水的殷勤。我能忘记那初春的睥睨吗?曾经有多少个清晨我独自冒着冷去薄霜铺地的林子里闲步——为听鸟语,为盼朝阳,为寻泥土里渐次苏醒的花草,为体会最细微最神妙的春信。啊,那是新来的画眉在那边调不尽的青枝上试它的新声!啊,这是第一朵小雪球花挣出了半冻的地面!啊,这不是新来的潮润沾上了寂寞的柳条?[①]

这样自在的生活是令人忍不住回味的,徐志摩满怀着情

---

① 徐志摩. 我所知道的康桥//徐志摩全集:第二卷. 天津:天津人民出版社,2005:341.

感,带着最纯粹的爱和欣赏写出的康桥,是他用笔写出的精神故乡,是他用心体会过的美好生活。《我所知道的康桥》全景式地展现了康桥之美。徐志摩"跑野马"式的书写方式,在俯仰之间将康桥的全景展现无遗。全文以康河为线索,串起了对康桥之景的描绘。大自然之美撞进了诗人的眼中,构成了诗人对康桥的记忆。在诗人沉浸式的体悟中,"怯怜怜"的一座小桥,婆娑的一道道树影,随处可见的一丛丛野花野草,都成为审美的对象,唤起了诗人心中的无限诗情与浪漫,这看似平常的景色成为诗人灵性的依托。徐志摩面向自然、面向生活,思考人生,思考万物,就像睁开了诗意的眼,打开了诗意的心。一朵小花,一湾流水,都成为他思考的来源,都能成就他的内省。盈满了灵性的康桥,给予徐志摩"性灵"的力量。康桥仿佛是一个有灵性的有机生命,它有感情,它给予了徐志摩一生的养分。在康桥的两年,一切都是那样的美好。此时的徐志摩还没有那么多阅历,还未经历人事纠葛,仍然处于一个充满理想和朝气的年纪。徐志摩在这里静坐,思绪纷飞,他纤细敏感的心将自然和人生放置在一处。在这里,烦恼与负担仿佛都被自然洗礼了。康桥像是徐志摩一个精神的伊甸园,诗意的乌托邦。在这里产生的情感都是真挚的、透明的,阳光从云层中透出,草原的翠绿染上日光的色彩,金色、艳红、紫色、褐色交织在一起,带给他精神上的巨大震撼。康桥被徐志摩置于"精

第二章
康桥："精神依恋之乡"

神故乡"的地位，然而，"精神故乡"是一个人最魂牵梦绕，却也是最难回去的地方。

徐志摩回国之初，五四运动已渐进低潮，中国却仍处于半殖民地半封建的状态，帝国主义更加肆无忌惮地侵略，中国紊乱的状态越发显现。曾经怀抱着英国式政治理想的诗人在现实的面前屡屡碰壁，诗人悲哀地感到这是民族的堕落与破产。一个曾经有单纯信仰的诗人，堕入可怕的怀疑颓废中。同时，徐志摩正经历着人生的至暗时刻。1928年3月，曾经挚爱的林徽因与梁思成在加拿大成婚，而自己与陆小曼的第二次婚姻，也并没有想象中的圆满。激情消退，加之陆小曼的高昂的开销，使得徐志摩不得不为了养家，在北京、上海间疲于奔命，先前的潇洒俊逸，不得不让位给残酷的现实。"生活逼成了一条甬道"，"头顶不见一线天光"[①]，诗人悲哀地体味到，"我想在冬至节独自到一个偏僻的教堂里去听几折圣诞的和歌，但我却穿上了臃肿的袍服上舞台去串演不自在的'腐'戏"[②]。为了排解内心的苦闷，1928年6月，徐志摩取道日本去了美国，之后又从美国重游欧洲，来到康桥。然而"年年岁岁花相似，岁岁年

[①] 徐志摩. 生活//徐志摩全集：第四卷. 天津：天津人民出版社，2005：340.

[②] 徐志摩. 眉轩琐语//徐志摩全集：第五卷. 天津：天津人民出版社，2005：346-347.

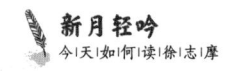

年人不同",一样的景色,两样的情热。1928年徐志摩再一次踏上这片热土,游走在曾经燃烧激情的康河两岸,然而此刻,归来的已不再是那个怀揣青春梦想的青年。而立之年的诗人,正深陷生活的泥潭,抚今追昔,情感不能自已。11月6日,在返航途中,船行至中国海上,他写下了这首《再别康桥》:

轻轻的我走了,
正如我轻轻的来;
我轻轻的招手,
作别西天的云彩。

那河畔的金柳,
是夕阳中的新娘;
波光里的艳影,
在我的心头荡漾。

软泥上的青荇,
油油的在水底招摇;
在康河的柔波里,
我甘心做一条水草!

那榆荫下的一潭,

不是清泉,是天上虹,

揉碎在浮藻间,

沉淀着彩虹似的梦。

寻梦?撑一支长篙,

向青草更青处漫溯,

满载一船星辉,

在星辉斑斓里放歌。

但我不能放歌,

悄悄是别离的笙箫;

夏虫也为我沉默,

沉默是今晚的康桥!

悄悄的我走了,

正如我悄悄的来;

我挥一挥衣袖,

不带走一片云彩。①

---

① 徐志摩.再别康桥//徐志摩全集:第四卷.天津:天津人民出版社,2005:352-353.据其他通行版本稍有改动。

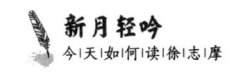

首先，整首诗不着一个"悲"字，但悲凉之气却力透纸背。诗人以翩然之姿来到康桥，整首诗充盈着的淡淡离愁，在默默絮语中得到了充分的释放。开篇"轻轻"二字作何解？大约有两重意思：第一，诗人此番回到精神依恋的故乡，轻轻而来，恐惊扰了康桥的宁静和祥和，这是一种"不敢高声语，恐惊天上人"的小心翼翼，也是一位"游子"对故乡的珍视；第二，诗人轻轻前来，有一种物是人非的感慨，此时的诗人已经不再是初出茅庐的留学生，他经历了社会现实的洗礼，经历了感情的波折和人事的纠葛，产生了淡淡的哀愁，难舍难分的情愫在这里以一种清淡的方式写出，飘然欲逝却始终萦绕在心畔。这开头两字直接将整首诗的意境营造出来，体现了徐志摩"造境"的功力。与《康桥再会罢》《我所知道的康桥》相比，《再别康桥》显得不如前者那么激情澎湃和直截了当，诗人仍有表露真情的愿望，仍想要放歌自己满溢的感情，但是诗人称自己不能放歌，决定以自己的低声呢喃来代替直抒胸臆。诗人的一切倾诉都是轻悄悄的，诗人与康桥的再度相遇是沉默的。浓烈的惜别之情被诗人轻拿轻放间处理得如此之妙，真正做到了举重若轻，符合徐志摩洒脱飘逸的写作风格。情浓是真的，但是这种浓浓的感情却淡淡地表现出来，没有破坏整首诗歌的意境。诗人与康桥曾经那样亲密，现在故地重游，却又那样遥远，离别的伤感与浪漫都在"此中有真意，欲辩已忘言"的意境中得到了升华。

第二章 康桥:"精神依恋之乡"

其次,全诗情景合一。徐志摩在心灵上与康桥有所呼应,诗中描绘的是诗人曾描绘过无数次的康桥景致,秀美的景色是诗人情感的来源,浓厚的情感又为这景色更添一分隽永。王国维在《人间词话》中提道:"昔人论诗词,有景语、情语之别,不知一切景语皆情语也。"徐志摩写的是康桥景,实际表达的是康桥情。那康桥的夕阳、黄昏为康桥的一切镀上一层金光,那康桥的榆荫、青草似乎从未改变,是诗人无数次看过的景色,其中留下了诗人多少思绪、多少冥想,这里处处是熟悉的景,处处是难解的情。康桥并不只是抒情客体,也是对话的主体,诗人与康桥此刻像是许久不见的老友,有的不是轰轰烈烈的剖白,而是一种君子之交淡如水的细腻。王夫之在《姜斋诗话》中说:"关情者景,自与情相为珀芥也。情景虽有在心在物之分,而景生情,情生景,哀乐之触,荣悴之迎,互藏其宅。"诗人的"情"和"意"都已融化在康桥的景色之中,一草一木都寄托着诗人的性灵。在景与情的两相互动之间,康桥的自然景物人情化,诗人的主观感受自然化,在情与景的两心相知的境界中,呈现出难以名状的伤感,淡漠悠远却又深沉笃定。人不能永在景中,世间终有别离,而这脉脉深情却能长久地与景同存。

最后,这首诗不仅长于"达情造境",还美在音韵和谐,字句整齐,呈现出回环往复之美。全诗共七节,音韵轻盈,首尾两节除极个别字的变化外,几乎完全相同,但全诗并不会因为重章

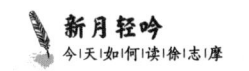

叠句而显得单调呆板，反而在不断重复吟唱中呈现出灵动飘逸之美。全诗既流露出依依惜别的缠绵，又有不得不别的故作洒脱，飘逸坚实又轻灵感伤。整首诗的感伤别离表面上看去都是淡淡的、隐隐的，但细细咂磨，却能感受到诗人情感压抑背后的巨大悲伤。正是这种回环复沓将全诗的情绪推至高潮，诗人尽情流泻的思绪在读者心中久久萦绕……徐志摩含蓄悠扬的中国式诗情诗意增添了该诗的韵味，也使他的康桥经验变得"不隔"起来，这是他的诗歌能够长久俘获中国读者的心的重要原因。

"康桥"，或许是徐志摩的一个再也无法进入的"美梦"。曾经的徐志摩是英伦文化名流的座上宾，如今，爱情生活困顿，故地重游，再无往日繁华、热闹的交游，一切都变得轻轻悄悄的，"脉脉不得语"，夏虫也只能为诗人沉默。循着诗人留给我们的"三别康桥"的轨迹，或许能间接地触摸到诗人彼时彼刻的情感脉动。

【经典品读】

徐志摩《康桥再会罢》

康桥，再会罢；
我心头盛满了别离的情绪，
你是我难得的知己，我当年

第二章
康桥:"精神依恋之乡"

辞别家乡父母,登太平洋去,
(算来一秋二秋,已过了四度
春秋,浪迹在海外,美土欧洲)
扶桑风色,檀香山芭蕉况味,
平波大海,开拓我心胸神意,
如今都变了梦里的山河,
渺茫明灭,在我灵府的底里;
我母亲临别的泪痕,她弱手
向波轮远去送爱儿的巾色,
海风咸味,海鸟依恋的雅意,
尽是我记忆的珍藏,我每次
摩按,总不免心酸泪落,便想
理箧归家,重向母怀中匐伏,
回复我天伦挚爱的幸福;
我每想人生多少跋涉劳苦,
多少牺牲,都只是枉费无补,
我四载奔波,称名求学,毕竟
在知识道上,采得几茎花草,
在真理山中,爬上几个峰腰,
钧天妙乐,曾否闻得,彩红色,

可仍记得?——但我如何能回答?
我但自喜楼高车快的文明,
不曾将我的心灵污抹,今日
我对此古风古色,桥影藻密,
依然能坦胸相见,惺惺惜别。

康桥,再会罢!
你我相知虽迟,然这一年中
我心灵革命的怒潮,尽冲泻
在你妩媚河身的两岸,此后
清风明月夜,当照见我情热
狂溢的旧痕,尚留草底桥边,
明年燕子归来,当记我幽叹
音节,歌吟声息,缦烂的云纹
霞彩,应反映我的思想情感,
此日撒向天空的恋意诗心,
赞颂穆静腾辉的晚景,清晨
富丽的温柔;听!那和缓的钟声
解释了新秋凉绪,旅人别意,
我精魂腾跃,满想化入音波,

震天彻地，弥盖我爱的康桥，
如慈母之于睡儿，缓抱软吻；
康桥！汝永为我精神依恋之乡！
此去身虽万里，梦魂必常绕
汝左右，任地中海疾风东指，
我亦必纡道西回，瞻望颜色；
归家后我母若问海外交好，
我必首数康桥，在温清冬夜
蜡梅前，再细辨此日相与况味；
设如我星明有福，素愿竟酬，
则来春花香时节，当复西航，
重来此地，再捡起诗针诗线，
绣我理想生命的鲜花，实现
年来梦境缠绵的销魂足迹，
散香柔韵节，增媚河上风流；
故我别意虽深，我愿望亦密，
昨宵明月照林，我已向倾吐
心胸的蕴积，今晨雨色凄清，
小鸟无欢，难道也为是怅别
情深，累藤长草茂，涕泪交零！

康桥！山中有黄金，天上有明星，
人生至宝是情爱交感，即使
山中金尽，天上星散，同情还
永远是宇宙间不尽的黄金，
不昧的明星；赖你和悦宁静
的环境，和圣洁欢乐的光阴，
我心我智，方始经爬梳洗涤，
灵苗随春草怒生，沐日月光辉，
听自然音乐，哺啜古今不朽
——强半汝亲栽育——的文艺精英；
恍登万丈高峰，猛回头惊见
真善美浩瀚的光华，覆翼在
人道蠕动的下界，朗然照出
生命的经纬脉络，血赤金黄，
尽是爱主恋神的辛勤手绩；
康桥！你岂非是我生命的泉源？
你惠我珍品，数不胜数；最难忘
骞士德顿桥下的星磷坝乐，
弹舞殷勤，我常夜半凭阑干，
倾听牧地黑野中倦牛夜嚼，

第二章 康桥:"精神依恋之乡"

水草间鱼跃虫嗤,轻挑静寞;
难忘春阳晚照,泼翻一海纯金,
淹没了寺塔钟楼,长垣短堞,
千百家屋顶烟突,白水青田,
难忘茂林中老树纵横;巨干上
黛薄茶青,却教斜刺的朝霞,
抹上些微胭脂春意,忸怩神色;
难忘七月的黄昏,远树凝寂,
像墨泼的山形,衬出轻柔暝色,
密稠稠,七分鹅黄,三分桔绿,
那妙意只可去秋梦边缘捕捉;
难忘榆荫中深宵清啭的诗禽,
一腔情热,教玫瑰噙泪点首,
满天星环舞幽吟,款住远近
浪漫的梦魂,深深迷恋香境;
难忘村里姑娘的腮红颈白;
难忘屏绣康河的垂柳婆娑,
娜娜的克莱亚,硕美的校友居;
——但我如何能尽数,总之此地
人天妙合,虽微如寸芥残垣,

亦不乏纯美精神：流贯其间，

而此精神，正如宛次宛士所谓

"通我血液，浃我心脏"，有"镇驯

矫饬之功"；我此去虽归乡土，

而临行怫怫，转若离家赴远；

康桥！我故里闻此，能弗怨汝

僭爱，然我自有说言代汝答付；

我今去了，记好明春新杨梅

上市时节，盼望我含笑归来，

再见罢，我爱的康桥。

【我来品说】

1. 请结合徐志摩诗歌的常见意象，简单谈谈徐志摩是如何做到融情于景、情景交融的。

2. 结合上述内容，简单谈谈你对徐志摩康桥经验的理解。

第三章 「爱」是一生的信仰

导读

徐志摩是一位多情、浪漫的诗人,他一生信仰爱,追逐爱,以爱为主题写诗,以爱为主旨生活。徐志摩的韵事逸闻在演绎诗人另一层面的"爱"的传奇的同时,也人为地制造了某种误读,狭义化了对诗人单纯、执着的"爱的信仰"的理解。可以说,如果不理解徐志摩对爱的单纯执着,就很难理解徐志摩的诗歌。本章即以徐志摩的"爱"为入口,通过分析诗人的创作,展现徐志摩如何理解爱,如何处理爱。

第三章 "爱"是一生的信仰

　　1927年9月上海新月书店出版了徐志摩的诗集《翡冷翠的一夜》，其中一首名叫《最后的那一天》的诗中写道，"在主的跟前，爱是唯一的荣光"[①]。这首诗首先以充满绝望、破坏意味的意象构造了一种末日景象，这种景象化用基督教末日审判的场景，在万物接受审判的时候，"爱"是唯一的荣光，表达了徐志摩对"爱"热烈、忠诚的信仰。胡适在悼念徐志摩时曾指出："他的人生观真是一种'单纯信仰'，这里面只有三个大字：一个是爱，一个是自由，一个是美。他梦想这三个理想的条件能够会合在一个人生里，这是他的'单纯信仰'。"[②]毫无疑问，徐志摩是以爱为信仰，为爱而活，也真正做到这一点的诗人。对爱的追求和执着成为徐志摩诗歌的底色。在徐志摩看来，爱是高尚的，是要用一生来实践的。他写爱，将爱

---

　　① 徐志摩.最后的那一天//徐志摩全集：第四卷.天津：天津人民出版社，2005：327.
　　② 胡适.追悼志摩.新月，1932，4（1）.

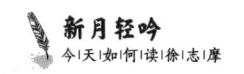

作为一种理想，忠诚地追寻爱的足迹，这种观念造就了徐志摩作为诗人的浪漫、多情和潇洒，也使得他的文字依托爱产生，凭借爱长久地产生回响。在徐志摩的诗歌中，"爱"被给予了多个维度：是抽象且具有力量的信仰，是具体又充满灵动的雪花，是在必然之中蕴藏着的偶然。

对爱的执着追求：
《我有一个恋爱》

在徐志摩看来，爱是他的信仰、情感甚至是他一生一切行动的线索，在他的观念中，爱不仅仅是恋爱，也是一种理想，一种美和信仰。《我有一个恋爱》收录在徐志摩的第一部诗集《志摩的诗》中。这首诗将"恋爱"看作明星，是徐志摩践行"三美"原则的一种尝试，整首诗充满和谐的音韵美，却不因格式和音律的限制而失于呆板，以情感的奔涌和诉说为主，具有一种动人的风格。

我有一个恋爱，

我爱天上的明星，

我爱他们的晶莹：——

人间没有这异样的神明！

在冷峭的暮冬的黄昏，

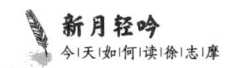

在寂寞的灰色的清晨,
在海上,在风雨后的山顶:——
永远有一颗,万颗的明星!

山涧边小草花的知心,
高楼上小孩童的欢欣,
旅行人的灯亮与南针:——
万万里外闪烁的精灵!

我有一个破碎的魂灵,
像一堆破碎的水晶,
散布在荒野的枯草里:——
饱啜你一瞬瞬的殷勤。

人生的冰激与柔情,
我也曾尝味,我也曾容忍;
有时阶砌下蟋蟀的秋吟:——
引起我心伤,逼迫我泪零。

我袒露我的坦白的胸襟,
献爱与一天的明星;

第三章
"爱"是一生的信仰

> 任凭人生是幻是真,
> 地球存在或是消泯:——
> 大空中永远有不昧的明星!①

这首诗讲述了诗人对明星的爱恋,诉说对明星的倾心和追寻。明星在灰色、萧索的情景中发光,在人世间的美好处发光,而"我"是一个饱受创伤的人,拥有"破碎的魂灵",对明星的信仰让"我"甘愿奉献自我。不难看出,这首诗以恋爱为主要表现对象,讲述了爱的永恒和治愈能力,讲述了"我"对爱的倾心和向往。从形式上看,这首诗尽量保持韵脚的和谐,然而却不因过于追求格式的整饬妨碍情感的抒发,这即是徐志摩在格律诗与自由诗融合中所做出的努力。这首诗所在的诗集《志摩的诗》集中体现了徐志摩在形式方面所下的功夫:"他的朋友陈西滢替他第一部诗集《志摩的诗》的体制做过一种统计:计有'散文诗''自由诗''无韵体诗''骈句韵体''奇偶韵体''章韵体'等等。(这里所谓'骈句韵''奇偶韵'都是西洋诗的用韵法,与我国旧诗骈句对偶不

---

① 徐志摩. 我有一个恋爱//徐志摩全集:第四卷. 天津:天津人民出版社, 2005: 242-243.

同)。"①这首诗既重视形式,又强调内容。节与节之间分割自然,是因为作者每节以不同的角度、不同的情感方式入诗。以前四节为例:第一节说明的是对"爱"的向往和"爱"不属于人间的神圣光彩;第二节以人间几种灰暗的景象说明"爱"在时空中的永恒与不变;第三节则采用数个比喻将见到"爱"的喜悦以具象的方式表达出来;第四节注入主观情感,以"我"的追求凸显"爱"的信仰。正是在层层递进的情感和符合音律、适于诵读的形式中,徐志摩不断强化了"爱"的崇高和神圣。与闻一多相比,徐志摩的诗在同样追求格式的基础上,多了几分"不工"的自然意味,这恰是因为徐志摩在行与节的安排中,充分注意到了诗歌本身节奏和旋律的流畅性,又将这种旋律的流畅与心灵探寻的层层深入结合在一起。若要细读这首诗,就会发现整首诗充满了建筑的美、音乐的美和绘画的美。正是因为在节奏转变处,皆是诗人情感转变处,所以才显得格外轻盈、灵动。整首诗的"诗意"建立在形式和内容的统一上,读者感受到的所谓"不工"只是徐志摩的精心调配所致。这首诗无疑是以"恋爱"为主要讨论对象的,但是随着诗情、诗意的深入发展,"恋爱"似乎不能全然涵盖徐志摩在这首诗中倾注的思考。从第四节开始,人生的现实与对理想的热忱超

---

① 苏雪林. 我所认识的诗人徐志摩//苏雪林文集:第2卷. 合肥:安徽文艺出版社,1996:327.

越了表层的"恋爱"主题。如果说,《我有一个恋爱》体现出一种"爱"永存的坚定,那么《为要寻一个明星》就写出了要为爱而前进、奋斗的决心。将这两首诗对读,往往能够更加感受到为什么说徐志摩是将爱作为一种信仰的,徐志摩理解的爱又是怎样的。

我骑著一匹拐腿的瞎马,
向著黑夜里加鞭;——
向著黑夜里加鞭,
我跨著一匹拐腿的瞎马。

我冲入这黑绵绵的昏夜,
为要寻一颗明星;——
为要寻一颗明星,
我冲入这黑茫茫的荒野。

累坏了,累坏了我胯下的牲口,
那明星还不出现;——
那明星还不出现,
累坏了,累坏了马鞍上的身手。

> 这回天上透出了水晶似的光明，
>
> 荒野里倒著一只牲口，
>
> 黑夜里躺著一具尸首。——
>
> 这回天上透出了水晶似的光明！①

　　《我有一个恋爱》中，徐志摩将"恋爱"比作一颗明星，使《为要寻一个明星》某种程度上和《我有一个恋爱》互文。徐志摩善用明星做比喻，这种永恒、不随时空转变的物体，更容易寄托徐志摩对信仰的情感，更容易显示出信仰永存的魅力。为什么说这两首诗像是一种互文呢？两首诗的主题构成了互文关系。《我有一个恋爱》强调的是"爱"所具有的神圣和崇高品质，甚至提出"爱"是不属于人间的光明；《为要寻一个明星》则是在人间种种旅途中不断寻找这种彼岸世界的明星，直到走完人生的苦旅，直到死亡前的一刻，才会看到这种光明。两首诗构成了一种心理活动和生理活动的统一，精神世界与现实世界的统一。正是为了明星的璀璨和能量，冲入黑夜才成为诗人必须去做也值得去做的事情。《我有一个恋爱》强调的是明星对"我"的影响，强调的是理想的力量；《为要寻一个明星》则以"我"的主观情感为主，突出"我"如何寻找

---

① 徐志摩．为要寻一个明星 // 徐志摩全集：第四卷．天津：天津人民出版社，2005：186-187．

明星，强调的是追求的力量。两首诗结合阅读，可见徐志摩的浪漫，也可见徐志摩的浪漫并非简单的天马行空，并非建立在对现实的忽视和空想上，而是建立在对现实苦难的体察上。我们往往以浪漫、情感的充沛作为徐志摩诗歌的最大优点，将徐志摩看作一位充满天真、单纯气质的诗人，但是我们也需要看到诗人坚定的信仰和对目之所及的现实苦痛的关注。

纵然，徐志摩在谈到《志摩的诗》时提道："我的第一集诗——《志摩的诗》——是我十一年回国后两年内写的；在这集子里初期的汹涌性虽已消灭，但大部分还是情感的无关阑的泛滥，什么诗的艺术或技巧都谈不到。"[①] 但我们可以从形式上看出两首诗歌在情感和技巧上的差异。与《我有一个恋爱》相比，《为要寻一个明星》展现出更强的勇者色彩。这主要体现在诗歌节奏和韵律的转变上。与《我有一个恋爱》整诗几乎一韵到底不同，《为要寻一个明星》节节变韵，在节奏的强化上用力。比如重复使用"累坏了"强调在追逐理想和信仰过程中"我"所经历的困苦，加强了节内的回环性；每节的开头和结尾使用相同的句子，简化了旅途中的磨难，强化了"我"找寻的主观激情。

从意象的角度来看，这两首诗也构成了互文关系，恋爱即是

---

① 徐志摩.《猛虎集》序 // 徐志摩全集：第三卷. 天津：天津人民出版社，2005：393.

明星，明星即是信仰，信仰即是"爱"。在恋爱的表层主题下，徐志摩表达的是关于信仰、关于理想、关于"爱"的思考。结合《为要寻一个明星》，能够更好地理解《我有一个恋爱》爱情主题以外的含义。从《我有一个恋爱》的第四节开始，诗歌的主题就从对恋爱的追求转向了一种对理想、信仰的剖白。也就是说，从表层含义看，这首诗展现的是对恋爱的向往和对恋人的赞美，恋爱如同"明星"一样给人间的诗人带来驱散黑暗的光明；从深层象征意义看，"明星"是徐志摩执着的追求，是他的信仰，代表了他对理想的追求。结合《为要寻一个明星》就会发现，在徐志摩看来，似乎只有到死亡的时刻，天上的光明才会出现，但是也正是因为这种光明，死亡并不可怕，所以诗歌虽以死亡做结，但并不因死亡而令人感到悲切，反而展现出一种欢喜。正如徐志摩在《猛虎集》序言中提到的那样，他认为"诗人也是一种痴鸟，他把他的柔软的心窝紧抵着蔷薇的花刺，口里不住的唱着星月的光辉与人类的希望，非到他的心血滴出来把百花染成大红他不住口。他的痛苦与快乐是浑成的一片"[1]。

徐志摩为何如此坚定地追求信仰，将人间的种种"幻"与"真"都看得很轻，弱化现实世界的成分，强化彼岸世界的光明呢？为什么不管追寻明星的过程中有什么困难，不管人生真

---

[1] 徐志摩.《猛虎集》序 // 徐志摩全集：第三卷. 天津：天津人民出版社，2005：395.

实的世界中有什么需要"容忍"、需要"心伤"的事情,都不影响徐志摩在爱中寻找慰藉呢?这些与徐志摩的人文主义精神有关。徐志摩回国后,持续关注社会现实,注重个性和自我意识的觉醒。徐志摩曾号召"往理性的方向走,往爱心与同情的方向走,往光明的方向走,往真的方向走,往健康快乐的方向走,往生命,更多更大更高的生命方向走"[1]。所以这两首诗也可看作诗人人文主义理想的展现,是徐志摩在特殊的时代社会背景下,作为一位知识分子对社会现状及未来发展的关切。徐志摩是一位善于谈"爱"的诗人,所以,我们理解徐志摩关于爱的信仰时,不仅要理解徐志摩将全部的主观激情投入这些描写爱与信仰的诗歌中,还要理解徐志摩的爱是丰富的、多层次的、复杂的,不是仅仅与爱情有关的,要看到徐志摩对社会现实是有关注、有体悟、有关怀的。

【经典品读】

徐志摩《他眼里有你》

我攀登了万仞的高冈,

荆棘扎烂了我的衣裳,

---

[1] 徐志摩. 再剖 // 徐志摩全集:第三卷. 天津:天津人民出版社,2005:5.

我向飘渺的云天外望——
上帝,我望不见你!

我向坚厚的地壳里掏,
捣毁了蛇龙们的老巢,
在无底的深潭里我叫——
上帝,我听不到你!

我在道旁见一个小孩:
活泼,秀丽,褴褛的衣衫;
他叫声妈,眼里亮着爱——
上帝,他眼里有你!

第三章 "爱"是一生的信仰

灵动飞扬的爱:《雪花的快乐》

如果说,《我有一个恋爱》和《为要寻一个明星》两首诗,表达的是一种神圣、崇高的追求和追寻者那种充满激情的抽象感受,那么《雪花的快乐》则将这种感受具象化为真实可触的雪花。诗人的雪花是自由的、美的,是纯净的,是来自天际又飞扬在空中的,充满了浪漫的色彩,显示出诗人轻逸飞扬的写作风格,集中体现了徐志摩的才气。现代诗人朱湘评价徐志摩的诗集《志摩的诗》时曾说:"全本诗中最完美的一首诗是《雪花的快乐》。"[①]

> 假如我是一朵雪花,
> 翩翩的在半空里潇洒,
> 我一定认清我的方向——
> 飞扬,飞扬,飞扬,——
> 这地面上有我的方向。

---

① 朱湘. 评徐君《志摩的诗》. 小说月报, 1926, 17(1).

新月轻吟
今天如何读徐志摩

不去那冷寞的幽谷,

不去那凄清的山麓,

也不上荒街去惆怅——

飞扬,飞扬,飞扬,——

你看,我有我的方向!

在半空里娟娟的飞舞,

认明了那清幽的住处,

等着她来花园里探望——

飞扬,飞扬,飞扬,——

啊,她身上有朱砂梅的清香!

那时我凭藉我的身轻,

盈盈的,沾住了她的衣襟,

贴近她柔波似的心胸——

消溶,消溶,消溶[1]——

溶入了她柔波似的心胸![2]

---

[1] 原文如此。

[2] 徐志摩. 雪花的快乐 // 徐志摩全集:第四卷. 天津:天津人民出版社,2005:193-194.

第三章
"爱"是一生的信仰

　　《雪花的快乐》是徐志摩在1924年12月30日夜晚的大雪中完成的，发表在1925年1月17日《现代评论》第1卷第6期上。1924年，徐志摩与陆小曼在北京相识，两人相识后不久就开始热恋。这首诗寄托了徐志摩对陆小曼的爱情，热情而坚定的雪花飞向爱人，正如徐志摩在现实各方面的阻力下抒发对陆小曼的爱意一样。诗人展开想象，将自己比作雪花，雪花飘扬的方向就是爱人的方向，雪花在空中飞扬的过程即是等待爱人、亲近爱人的过程，雪花"消溶"则是与爱人相遇，融入爱人心扉的结果。雪花的行动轨迹和百转心绪，恰恰代表了诗人面对爱情时温柔灵动的遐思。这首诗里所写的雪花，具有充分的自我意识。自然界中的雪花是随风来去无目的、无方向的，徐志摩笔下的雪花却可以认明恋人的住处并有意识地飞舞过去，蹁跹地飞扬投入恋人的怀抱，获得恋爱的欢欣。自然界中的雪落在人的衣襟上会迅速融化，然而这"消溶"的结局却正是雪花所追求的，与爱人合而为一的一种恋爱憧憬。雪花的灵动再加上恋爱的热切，形成了徐志摩这首诗似哀似喜，哀而不伤、乐而不淫的风格。这首诗带着被抑制的欲望，作爱情的低诉。沈从文评价这首诗："是作者为爱所煎熬，略返凝静，所作的低诉。柔软的调子中交织着热情，得到一种近于神奇的完美。使一个爱欲的幻想，容纳到柔和轻盈的节奏中，写成了这样优美的诗，是同时一般诗人所没有的。"[1]结合沈从文的评价，我们可以从动与静、悲与喜两个角度来进入这首诗。

  首先，这首诗描写雪花的飞动，无疑是动态的，但它又具有静态的细致。前三节描写雪花的恣意飞扬，写满了动的热切，最后一节又归于静的融化，"消溶"在恋人的心胸里，一动一静之间营造出一种绵蕴悠长的意境。前三节的"飞扬"反复出现，展示出的是雪花快乐奔舞，以形式上的反复强调了对爱恋的向往。飞扬得一次比一次快乐，一次比一次接近恋人，节奏也不断地加快，最后一节重复出现的"消溶"则使躁动的心绪在三次重复中不断冷却，归于宁静。雪花是专一、热烈、含情的，具有人的思考、人的品格、人的爱恋，诗人本身从始至终都未在诗歌中出现，雪花表达的一字一句却皆是诗人的情感，所以与其说这首诗是主体隐没的一首纯诗，不如说这首诗本身就是徐志摩天性的体现。徐志摩曾经这样形容自己："我爱动，爱看动的事物，爱活泼的人，爱水，爱空中的飞鸟，爱车窗外掣过的田野山水。星光的闪动，草叶上露珠的颤动，花须在微风中的摇动，雷雨时云空的变动，大海中波涛的汹涌，都是在触动我感兴情景。是动，不论是什么性质，就是我的兴

---

[1] 沈从文. 论徐志摩的诗 // 沈从文全集：第 16 卷. 太原：北岳文艺出版社，2009：100.

趣,我的灵感。是动就会催快我的呼吸,加添我的生命。"[1]正因如此,"翩翩"的雪花才是"潇洒"的,"飞扬"才格外得到诗人的倾心,成为诗人求爱的一种体现。可以说,正是徐志摩这种对"动"的向往和对"动"的捕捉,成就了这首诗在情致上和韵律上的起落、灵动之美,并可以作为对徐志摩情感偏好的一种旁证。沈从文评价徐志摩的作品时,也主要从"动"这一特点出发:"徐志摩作品给我们感觉是'动',文字的动,情感的动,活泼而轻盈,如一盘圆台珠子,在阳光下转个不停,色彩交错,变幻眩目。"[2]"正如作者被人间万汇百物的动静感到眩目惊心,无物不美,无事不神,文字上因此反照出光彩陆离,如绮如锦,具有浓郁的色香,与不可抗的热"[3]。从古至今,写雪的诗不在少数,或如"忽如一夜春风来,千树万树梨花开""六出飞花入户时,坐看青竹变琼枝"一样写静态的雪景,或如"燕山雪花大如席,纷纷吹落轩辕台""千里黄云白日曛,北风吹雁雪纷纷"一般写动态的降雪,像《雪花的快乐》这样既把雪写出一种主观的、激情的、灵动的错落,又写

---

[1] 徐志摩.自剖//徐志摩全集:第二卷.天津:天津人民出版社,2005:407.

[2] 沈从文.从徐志摩作品学习"抒情"//沈从文全集:第16卷.太原:北岳文艺出版社,2009:258.

[3] 沈从文.由冰心到废名//沈从文全集:第16卷.太原:北岳文艺出版社,2009:272.

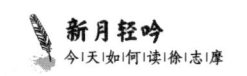

出一种宁静的、安然的意境的诗歌，想来并不多见。徐志摩这首诗歌在意象和音韵上确实展现了一种天人合一、动静相称的美。也正是这份动静相宜的美好，使雪花的快乐不仅仅是追寻的快乐，也是找到归宿的快乐，更增添了快乐的情趣，烘托了感情的浮动，引得读者能够在和谐的音韵和雪花的找寻与"消溶"中感受到诗人的情思韵律的起落，也感受到同质的快乐。

其次，从悲与喜的角度看，我们要注意到，沈从文的评价中有一句"为爱所煎熬"。结合徐志摩当时所面临的社会现实来看，他与陆小曼的感情遭到了社会各界的强烈反对，但是为何整首诗中却没有见到煎熬、痛苦与悲伤一类的词语，所展现的只是一种沉溺于爱情的快乐呢？这首诗写的是"雪花"的快乐，虽然表达的是诗人自己的感情，但是开头"假如"一词，突出了现实世界与艺术世界之间的参差。现实的围困使徐志摩与陆小曼的爱情面临重重桎梏，而在《雪花的快乐》中，雪花可能飘向的是"冷寞的幽谷""凄清的山麓"，亦有可能"上荒街去惆怅"，这些境遇在雪花的自主选择中是得到规避的，但却是真实存在的困境。在一定程度上，这首诗中雪花没有去的地方，恰恰暗示了现实世界中真实的处境，而徐志摩以一种自主决定方向的自由精神，抵抗了来自现实世界的重压。朱湘在说到徐志摩《雪花的快乐》这一首情诗的时候，这样评价："我曾经对朋友说过，徐君是一个词人，我所以这样说的原故，就是因为徐君的想象正是古代词人的那种细腻的想象,徐君诗中的音节也正是词中的那种和婉的音节。情诗正是徐君的本色行当。"[①]在徐志摩的这首诗中,细腻的笔触写出的不仅是一种欢欣,而且有一种隐秘的哀伤,含蓄、低回的情愫,这种哀伤之情中和了情爱的热烈,使徐志摩的诗在张扬一种蓬勃的主体意识的同时,又具有一种传统诗词的婉约和美。在欢乐与隐匿的悲伤之间,雪花飞向的不仅仅是恋人,也是爱情本身。在这

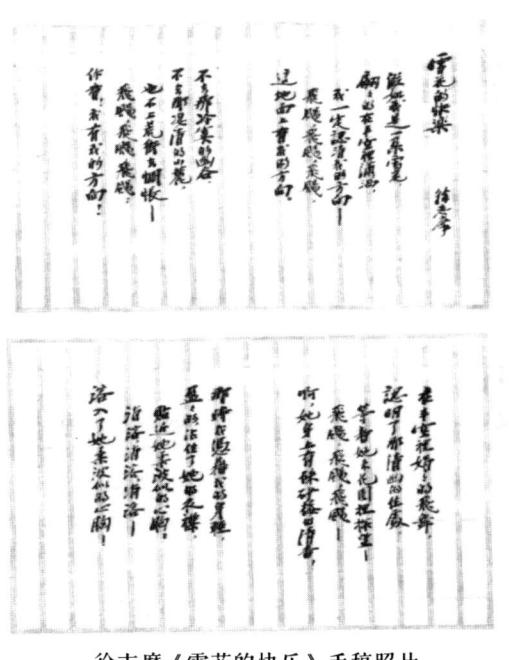

徐志摩《雪花的快乐》手稿照片

---

① 朱湘.评徐君《志摩的诗》.小说月报,1926,17(1).

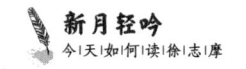

个层面上，特指的"陆小曼"与"徐志摩"就超越了某个具体时空具体事件的个体性意义，具有了更加普遍的诗的含义。雪花飞向的是爱人，诗人表达的是对爱、自由、美的迷恋。也恰是因为，爱、自由和美之外的世界，是幽谷、山麓和荒街，所以对理想与爱的追求才显得格外真诚且自然。

穆木天《徐志摩论》（节选）

在诗人徐志摩的创作生活中，由《志摩的诗》和《落叶》所代表的时期，可以称之为"浪漫期"。在这一个时期，他的诗歌所表现的，有恋爱、自然、社会诸动机。这一个期间，他是一个"朝山人"。面对着冥盲的前程，无有止境地，奔那远在白云环拱处的山岭，没有止息地望着他那最理想的高峰。然而他是有酬劳的。因为他感到那最理想的高峰，已涌现在当前，莲苞似的玲珑，在蓝天里，在月华中，秾艳崇高（《无题》）。他从各处找他的象征。在各个的象征，他求他的自我实现。他乐观着，他的情感奔放着。在《雪花的快乐》中，他说："这地面上有我的方向"。

当爱已成往事，一切皆为"偶然"

《偶然》是徐志摩1926年5月27日发表在《晨报副刊·诗镌》上的诗。这首诗也是徐志摩和陆小曼合写的剧本《卞昆冈》第五幕里老瞎子的唱词。本章的前两节，展现的是徐志摩对爱、信仰的向往、追求，是徐志摩前期充满激情和灵性的代表作品。这首《偶然》则显示出徐志摩由激情转向沉静，面临爱的消失与流逝时的思考。"偶然"不仅指两人如何相爱，同样指两人的分开，这使这首诗带有很浓重的象征意味。

我是天空里的一片云，
偶尔投影在你的波心——
你不必讶异，
更无须欢喜——
在转瞬间消灭了踪影。

你我相逢在黑夜的海上，

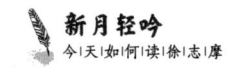

你有你的，我有我的，方向；

你记得也好，

最好你忘掉，

在这交会时互放的光亮！①

这首诗讲述了"我"与"你"、云与海的相会、相交与相离。这首诗被卞之琳称为"在作者诗中是在形式上最完美的一首"，诗中长短句错落有致，长句一韵，短句一韵，增添了韵律上的变化，却不显得凌乱，充满了和谐、易于诵读的音乐性。然而，这种音乐性与《我有一个恋爱》和《雪花的快乐》所具备的轻快感完全不同，激情退却后，以"偶然"牵起的智性思考，使得本诗的音韵显得绵长，充满余味。将这三首诗并置，不仅能够看出徐志摩诗歌风格、思想的发展，也能够看出徐志摩在诗歌中表达情感、驾驭文字能力的发展。云与海的相遇充满了偶然的因素，虽然留下了投影，但是从不可能产生真正的交会，这也就意味着这次偶然的相遇、相爱本身就是充满悲剧因素的。可以从三个方面来理解这首诗：偶然与必然的辩证，抽象与具象的调和，主体与客体的互动。

第一，偶然与必然的辩证。与前两首诗单方面诉说创作

---

① 徐志摩．偶然//徐志摩全集：第四卷．天津：天津人民出版社，2005：308.

第三章　"爱"是一生的信仰

主体的爱意不同，这首诗是一首直接与恋爱对象对话的诗，是一首"我"从一开始便预言了爱情的结局，客观、节制地描绘一段"偶然"情节的诗。这首诗的描绘中，"我"与"你"不仅是不可相接的，而且各有各的方向，各有各的去路和归途。但是我们需要思考的正是尽管两者天地相隔，云海相望，却仍旧在偶然的促使下相逢。这是一次神奇的交会，"偶然"是出乎意料的相逢，但是谁能说这里面没有必然的因素呢？投影在大海是无意的，云与海的相逢是巧合的，都在"瞬间"完成，又在"瞬间消灭了踪影"，但是天上的云、海里的水各有各的方向，却因偶然在彼此的生命中画下了必然。诗中所写"你不必讶异，更无须欢喜""你记得也好，最好你忘掉"，正是一种生命的必然过程。或许那偶然的交会、相逢时互放的光亮，会永远在记忆中留存，也或许会随着时间的推移成为忘却的回忆，这都是人生的情景，都属于人生的必然。这首诗的情感表达充满节制，可以说这首诗是当激情退却、爱已成往事后的沉淀。交会时互放光亮的热烈更促成了将之视为偶然，并不强求的一种洒脱。徐志摩对待爱的态度向来如此，他说："我将于茫茫人海中访我唯一灵魂之伴侣，得之，我幸；不得，我命。如此而已。"此时的徐志摩确实已经较少将生命的激情直接注入诗歌写作中，但是仍旧像他总结自己人生的时候所说的那样，"我这一生的周折，大都寻得出感情的线索"。某种程度上

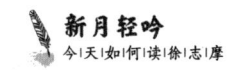

看，这首诗写的是爱情，但是又超越了爱情，表达了关于人生中必然与偶然交织的慨叹。

第二，抽象与具象的结合。这首诗实质上描绘了一个时间空间关系都比较模糊的情境，"你"与"我"也是比较宽泛的一组指代关系，但是在这样模糊的指代中，我们仍旧能够清楚感知诗人试图描绘出的确定性关系，能够对这种偶然与必然产生某种共鸣。这就是说，诗人关注的是一个抽象的主题，试图表达人生、爱情、理想中的不确定性，这个抽象的主题是依托具体的物象"云"和"海"来完成的。借助具体的物象，这种无法永远接触，只能以一种投影自身的方式相遇的关系就显示得十分清楚了。也正是云与海的距离，能够说明交汇的双方如何拥有各自方向的。当然也恰是因为"抽象"的魅力，让这首诗能够超越恋爱的范畴，走向对人生哲理的揭示，在这个意义上，也恰是这种抽象与具象结合的方式，使这首诗具有了多义性。读者在阅读的过程中，可以结合自身的生活经历、阅读体验，对这首诗产生自己独特的理解。这首诗既展现了当爱成为往事后看似洒脱却又萦绕心头、余味不断的牵挂，也展现了人生万事转瞬即逝、不留痕迹的慨叹，还流露出了对人世间种种偶然与必然的哲学思考。在这个意义上，这首诗既是沉淀情感的情诗，又是包含体悟的哲理诗。

第三，主体与客体的互动。这首诗最不可缺少的就是

"我"与"你"的互动,正是主体与客体的相遇才造就这篇诗全部的情感内容。偶然的发生是两个人的选择,即便是在抽象的背景下,尽可能地挖掘诗歌的普遍意义,也需要注意到"我"与"你"的互动关系是诗歌建筑的基础。同时,我们还可以注意到,在诗歌中提到"你记得也好,最好你忘掉",记忆与忘却是矛盾的两种状态,然而却出现在同一首诗中,成为一种并不矛盾的选择。这恰恰显示出,不论是记得还是忘掉,不论是"我"还是"你",在爱与信仰、人生中都没什么不同,都能有相通的感悟。也正是在这个基础上,原本无法相遇的主客体才能共同构筑偶然的相遇,才能相互理解,完成一种主客体的互动甚至是置换。正因如此,云与海的交会才会具有"光亮"。

【我来品说】

1. 你认为徐志摩理解的"爱"包括什么内容?
2. 你如何理解徐志摩的《偶然》?

第四章 "自由"是永恒的理想

导读

从第三章的分析中不难看出,徐志摩在谈及爱与理想时所使用的意象,无论是在空中永恒存在的明星,还是在空中不断改变轨迹、灵动而自由的雪花,都是一种以落地为终结,以漂浮为命运的意象,云与海也是属于自然,恒久自由,拥有自我方向的意象。这些意象大都充满浪漫的幻想,充满对自由的向往。本章就以"自由"为关键词,探寻徐志摩生命中的另一个追求。

第四章 "自由"是永恒的理想

徐志摩在《就使打破了头，也还要保持我灵魂的自由》一文中曾写道，要"保持我灵魂的自由"。这篇文章原载于1923年1月28日第39期《努力周报》，表达的是对理想主义行为的支持和对社会现实的批判，认为是当时中国社会限制了人们追求理想的自由，诗人为了保持自己的个性与理想，要勇敢地用"人格头颅去撞开地狱门"[1]。徐志摩喜爱雪莱，他曾评价雪莱的诗歌"很轻灵，很微妙，很真挚，很美丽，读的时候，心灵真是颤动起来，犹如看一块纯洁的水晶，真是内外通灵"，认为"他是爱自由的，他是不愿意受束缚的。……他之所以成为伟大的诗人是因为他对于理想的美有极纯挚的爱"[2]。徐志摩的文章和他对雪莱的欣赏恰恰说明了徐志摩的心灵、情感、思想永远是不甘于沉默、不安于平稳的。徐志摩追求自由，"想飞"，天性好动，他将自己、将诗人比作痴鸟，在诗

---

[1] 徐志摩.就使打破了头，也还要保持我灵魂的自由//徐志摩全集：第一卷.天津：天津人民出版社，2005：215.
[2] 徐志摩.读雪莱诗后.文学周报，1923（95）.

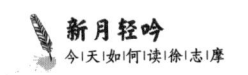

中多使用不受人间现实束缚的种种意象。他贴近自然，诗中常常表达对不受阻拦的逍遥自在的向往之意；他反抗现实，认为"这是一个懦怯的世界"，试图冲破现实的牢笼。这样一种对自由的热忱，成就了他在诗歌中充满理想主义精神的幻想和激情。

对自由的向往：《想飞》

透过徐志摩的散文《想飞》，我们可以更加真实地感受到徐志摩对自由的热切希冀，体会到徐志摩在写诗之外的才华，认识到徐志摩如何以一种"感情的线索"来构筑自己的生活，填补自己的人生。谈及徐志摩的散文，梁实秋曾说过："志摩的可爱处，在他的散文里表现最清楚最活动"[1]。《想飞》是徐志摩1926年4月19日发表于《晨报副刊》上的一篇散文，后来收入他的《自剖》文集中。这篇散文扬洒着徐志摩的灵气和才华，无边漫游一般的絮语道出徐志摩的思绪，像是随意采撷、任意点染而成的那样自然，又那样亲切。徐志摩的浪漫和幻想、细腻和天真都在这篇散文中尽数体现。

这篇散文从一段幻想开始，从一开始便带有一种虚幻、象征的意味。深夜的"深"是"一个山洞的深，一个往下钻螺旋形的山洞的深"，抽象的深和静，成为徐志摩"想飞"的一

---

[1] 梁实秋. 谈志摩的散文. 新月，1932，4（1）.

个思想实验空间。接着,徐志摩描写了他所见过的云雀之飞和饿老鹰之飞,继而由这种对鸟类飞行的向往联想至"人们原来都是会飞的"却有大多数人忘了飞,描绘了人类自古以来就有想飞的幻想,而人类最大的使命和成功就是飞翔。在徐志摩的笔下,飞才是人类恒久的愿望和归宿,但是"飞"却被社会文明的不断发展所压抑、钳制了,随着技术的进步,人类自由飞翔的梦想在现实层面得以实现,但是人类精神自由飞翔的愿望却在不断地遭到损耗,不断地被人类自己遗忘。梁实秋赞美徐志摩的散文时提到,徐志摩的散文行文落笔确实如他自己所说的像是在"跑野马",但是这野马却跑得好。纵观《想飞》的思路,不断变幻的想象、联想,不断产生的思维跳跃,行止随性,无论在音韵、意象、排布上还是在思想上都如野马奔驰,全以本心本性为主要凭依。

徐志摩这篇散文是充满"性灵"的风采的,若要归纳这篇散文的特点,可以从三个方面入手:一是细腻而亲切的表达;二是现实感与历史感的充分体现;三是态度的严谨。

徐志摩对云雀之飞和饿老鹰之飞的描写最能体现他表达的细腻和亲切。如梁实秋所说,徐志摩"无论写的是什么题目,永远的保持一个亲热的态度"[1],这使我们在看徐志摩散文的时

---

[1] 梁实秋. 谈志摩的散文. 新月, 1932, 4 (1).

候,往往觉得很自在,像是朋友间的谈话,总能在自然的倾吐中感受到徐志摩作为诗人的浪漫与天真。写云雀时,注意它们"一起就开口唱,小嗓子动活的多快活,一颗颗小精圆珠子直往外唾,亮亮的唾,脆脆的唾,——它们赞美的是青天"[①],实在是细腻且伶俐,读者读来往往觉得极具画面感。这篇散文之所以能够做到细腻且亲切,仰赖于徐志摩对事物观察的仔细,仰赖于从字里行间流露出来的一种独特的进入生活、观察生活的角度,更仰赖于徐志摩本身所具有的独特的个性与才华。读他的散文,扑面而来的就是一种生动的趣味,是一种无法模仿的独属于徐志摩的浪漫和潇洒。写文章写得细腻需要一颗敏感的心和一双善于发现美的眼睛,要写得亲切则难上加难。然而这两个因素却仿佛天生就在徐志摩写作的骨血中一般,这也难怪梁实秋要赞叹一句徐志摩写作的风调(style),更是指出只有徐志摩能够写出徐志摩的散文。

在这篇散文中,最值得注意的就是徐志摩直接抒情的这一段:

是人没有不想飞的。老是在这地面上爬着够多厌烦,不说

---

① 徐志摩. 想飞 // 徐志摩全集:第三卷. 天津:天津人民出版社,2005:16.

别的。飞出这圈子，飞出这圈子！到云端里去，到云端里去！那个心里不成天千百遍的这么想！飞上天空去浮着；看地球这弹丸在太空里滚着，从陆地看到海，从海再看回陆地。凌空去看一个明白——这才是做人的趣味，做人的权威，做人的交代。这皮囊要是太重挪不动，就掷了它，可能的话，飞出这圈子，飞出这圈子！①

这一段文字充满了激情，充满了对"飞"的期待和幻想，充盈着一种气势。徐志摩将想飞自然地看作一种人类皆有的情感，看作对人性自由的渴望，真诚地将自由看成每个人所必需的精神养分。同时，这段话直截了当地表达了对社会现实的不满，企图以"飞"来冲破现实的牢笼，追寻灵魂的自由。如果说，徐志摩的诗仍然保持一种情感的克制，进行一种含蓄的诗意表达，那么，他的散文已经使用直接的激情指向最真实的诉求，指向对社会文化和历史现实的思考，是他焦虑和忧愁的一种外在显露。钱杏邨在评价徐志摩这篇散文时说："徐志摩先生对这个人间是老大的不满意的，是想高高的飞上天去的。所以他认为'人类最大的使命，是制造翅膀，最大的成功是飞'！他要'飞出这圈子，飞出这圈子！到云端里去，到云端

---

① 徐志摩．想飞∥徐志摩全集：第三卷．天津：天津人民出版社，2005：18.

第四章
"自由"是永恒的理想

里去！这才是做人的趣味，做人的权威，做人的交代'（《想飞》）。这自然是由于他在人生的过程中感到了种种的冲突与矛盾（《青年运动》），也是由于他在生活的过程中感受了种种的刺激。据他自己说，他是'肉搏过刀山，炮烙，闯度了奈何桥'（《一个祈祷》）。他是'曾经遭受失望的打击'（《迎上前去》）的。"[1]这一段话概括出了徐志摩散文中现实感的体现。他与社会现实不断地产生关系，以一种反抗现实的态度作文。其文章的历史感来自他深厚的文化底蕴，来自他对中西方文化的接收和对人类发展历史的理解，无论是对西洋画的涉及还是对人类原始时代生活的回溯，都体现一种历史感和文化感。

纵然这篇散文中流露出了徐志摩恣意地"飞"的态度，但是我们同样应该注意到徐志摩散文所具有的那种形式美和严谨美。新月派的诗歌主张是要"戴着镣铐跳舞"，而徐志摩的散文也恰是以一种严谨的态度完成的。苏雪林曾这样评价徐志摩的散文："我曾说过：写新诗态度谨严自闻一多始，写散文态度的谨严自徐志摩始"[2]。从他散文的排布上我们就可以看

---

[1] 钱杏邨. 徐志摩先生的自画像 // 邵华强. 徐志摩研究资料. 北京：知识产权出版社，2011：218-219.
[2] 苏雪林. 我所认识的诗人徐志摩 // 苏雪林文集：第2卷. 合肥：安徽文艺出版社，1996：328.

出,《想飞》中一段为一次转折,每段都是情感和观点的一层递进,第六、七段段首,统一以"飞"单字成句,颇有一种音韵调和、节奏起伏之美。再如写到饿老鹰之飞时,在描写饿老鹰之飞的种种情状中,以末了一句"听说饿老鹰会抓小鸡"做结,在思维的意料之外,也在情绪、音律的意料之外。徐志摩以诗歌、散文著称,他的这两种文体有时会显示一种微妙的结合,比如他所写的这句"飞:超脱一切,笼盖一切,扫荡一切,吞吐一切",形式整饬,朗朗上口,颇具诗性。

这篇散文流露着徐志摩的苦闷和寂寞,显示着徐志摩才华横溢、不受拘束的灵活自如。然而,徐志摩想飞却在飞行途中折翼。这篇散文的结尾仿佛徐志摩写给自己的生命预言:"同时天上那一点子黑的已经迫近在我的头顶,形成了一架鸟形的机器,忽的机沿一侧,一球光直往下注,砰的一声炸响,——炸碎了我在飞行中的幻想,青天里平添了几堆破碎的浮云。"[①]这陡然惊醒的结局,戛然而止的幻想,就仿佛徐志摩本人如流星一般划过现代文学的夜空,留下了不可忽视的痕迹后又刹那间结束了它的光亮。

---

① 徐志摩. 想飞//徐志摩全集:第三卷. 天津:天津人民出版社,2005:19.

杨振声《与志摩最后的一别》（节选）

至于他那"跑野马"的散文，我老早就认为比他的诗还好。那用字，有多生动活泼！那颜色，真是"浓得化不开"！那联想的富丽，那生趣的充溢！尤其是他那态度与口吻，够多轻清，多顽皮，多伶俐！而那气力也真足，文章里永不看出懈怠，老那样像夏云的层涌，春泉的潺湲！他的文章的确有他独到的风格，在散文里不能不让他占一席地。比之于诗，正因为散文没有形式的追求与束缚，所以更容易表现他不羁的天才吧？

新月轻吟
今天如何读徐志摩

冲破阻拦的逍遥：
《云游》《阔的海》

徐志摩的诗歌常以"自由"为主题，《云游》与《阔的海》就是典型的两篇。这两首诗都表达了一种对自由的追求和一种难以抹去的忧愁。与《想飞》直截了当的抒情和真诚热切的表达不同，《云游》和《阔的海》显得沉寂得多，冷静得多。

那天你翩翩的在空际云游，
自在，轻盈，你本不想停留
在天的那方或地的那角，
你的愉快是无拦阻的逍遥。

你更不经意在卑微的地面
有一流涧水，虽则你的明艳
在过路时点染了他的空灵，
使他惊醒，将你的倩影抱紧。

第四章
"自由"是永恒的理想

他抱紧的只是绵密的忧愁,

因为美不能在风光中静止;

他要,你已飞渡万重的山头,

去更阔大的湖海投射影子!

他在为你消瘦,那一流涧水,

在无能的盼望,盼望你飞回! ①

《云游》一诗与前面我们所提到的《偶然》有相呼应之处,都描写的是"云"的故事。如果说《偶然》更多地展现云与海的一种相互交织又相背离的互动态势的话,《云游》则侧重于呈现"云"的视角,这也使一种产生于两方之间的爱恋,扭转为属于一方的理想追求。云追寻自由,翩翩在天空中不断游动,尽管流水能够映出云的风姿,但是云全然不被牵绊,只是恣意地向自己的方向飞去。《阔的海》同样是这样一种倾向:

阔的海空的天我不需要,

我也不想放一只巨大的纸鹞

上天去捉弄四面八方的风;

---

① 徐志摩. 云游//徐志摩全集:第四卷. 天津:天津人民出版社,2005:419-420.

> 我只要一分钟
>
> 我只要一点光
>
> 我只要一条缝，——
>
> 像一个小孩爬伏
>
> 在一间暗屋的窗前
>
> 望着西天边不死的一条
>
> 缝，一点
>
> 光，一分
>
> 钟。①

　　《阔的海》与《云游》一样，表达的是无可阻拦、无法被外界牵绊的自由。诗歌的主体无论是云还是一个抽象的"我"，都纯粹、虔诚地追寻自由，都是不受环境拘束的。其实我们不难发现，徐志摩偏爱自然界中的种种意象，自然万物坚定的生命力往往成为他寄托情感和理想的载体。徐志摩曾说："我是一个生命的信仰者，我信生活决不是我们大多数人仅仅从自身经验推得的那样暗惨。我们的病根是在'忘本'。人是自然的产儿，就比枝头的花与鸟是自然的产儿；但我们不幸是文明人，入世深似一天，离自然远似一天。离开了泥土的花草，

---

① 徐志摩. 阔的海//徐志摩全集：第四卷. 天津：天津人民出版社，2005：422.

第四章
"自由"是永恒的理想

离开了水的鱼,能快活吗?能生存吗?从大自然,我们取得我们的生命;从大自然,我们应分取得我们继续的滋养。"[1]这也就解释了为什么徐志摩喜欢用自然中的云、海、涧水来表达心迹,因为它们代表着不为世俗所牵绊的不羁,任意流动的自由,徐志摩向往这样的生活与状态。这些流动不羁的事物,与徐志摩在《落叶》中所写的自己思想行动的轨迹有灵魂上的共鸣和重合:"我的思想——如其我有思想——永远不是成系统的。我没有那样的天才。我的心灵的活动是冲动性的,简直可以说痉挛性的。"[2]

《云游》与《阔的海》两首诗都在表达对自由的坚定信仰的同时,流露出一种寂寞和脆弱。云是居无定所、缥缈不定的,没有什么事物能真正留下它,这是自由的必然条件,却也是一种孤独的特质。"美不能在风光中静止",所以不停游动的云永远在不断追寻更大、更广的天地,这种追寻是快乐的,是无阻拦的逍遥,同样是一眼望不到头的,是无比寂寞的,可好在云仍旧可以继续飘动,往更加向往的天地游去。《阔的海》中的"我"又面临另一种情境,广阔的海洋和空旷的天空

---

[1] 徐志摩. 我所知道的康桥 // 徐志摩全集:第二卷. 天津:天津人民出版社,2005:341.

[2] 徐志摩. 落叶 // 徐志摩全集:第一卷. 天津:天津人民出版社,2005:453.

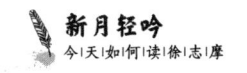

都不再是"我"的追求。"我"变得无比弱小、寂寞和失落,不再想做追求更高远天地的云,不再幻想海阔天空的自由,"不想放一只巨大的纸鹞,上天去捉弄四面八方的风",只想抱有一线希望,不磨灭最后的一丝光明。这首诗充满了脆弱之感,对自由天地的信仰某种程度上产生了动摇,这种动摇反过来不断敲击着"我"的自信,让"我"以一种消极的态势说出了对阔的海、空的天的厌倦,说出了勇气的丧失和来自外界现实的打击所带来的沉痛,以至于"我"形成了一种应激反应,有意识地抗拒曾经给"我"带来快乐的时空。但是,也恰是在这样的绝望中,在这样无所信中诞生的相信和执着,才更具有震撼人心的力量。"我"的追求变成了单纯的"一条缝,一点光,一分钟",这个追求的转变,实则并没有变得更加容易。阔的海与空的天是一种幻想,希望破灭后一切都仿佛成了牢笼,做风筝只能受风的摆动,凭借风的意志才可以起起伏伏,这不是诗人想要的。诗人想要的是冲破静夜、深夜的"飞",是冲破一切牢笼的,哪怕这自由只剩一线空间一点时间的飞,他也愿意在无边的、可怖的暗屋中等一个机会。所以这首诗,仍然充满了对自由本身的坚定信仰,即使外界的打击,让追求海阔天空成为某种奢求,作者也不愿意放弃自由,不愿意停止等待。这使该诗具有更加深层的中坚力量,这是破土而出的幼苗,是在希望消磨后,在饱尝艰辛后再一次迸发出的坚守的力量。这也就是为什么,我们在阅读的时候,能够感受到非同寻常的震撼。这震撼来自绝境中对希望的等待,来自一个诗人天真、潇洒、浪漫却坚定、坚强的理想的灵魂。这样的灵魂才是永远保有自由的。

【经典品读】

徐志摩《翡冷翠山居闲话》(节选)

……但在这春夏间美秀的山中或乡间你要是有机会独身闲逛时,那才是你福星高照的时候,那才是你实际领受,亲口尝味,自由与自在的时候,那才是你肉体与灵魂行动一致的时候;朋友们,我们多长一岁年纪往往只是加重我们头上的枷,加紧我们脚胫上的链,我们见小孩子在草里在沙堆里在浅水里打滚作乐,或是看见小猫追他自己的尾巴,何尝没有羡慕的时候,但我们的枷,我们的链永远是制定我们行动的上司!所以只有你单身奔赴大自然的怀抱时,象一个裸体的小孩扑入他母亲的怀抱时,你才知道灵魂的愉快是怎样的,单就活着的快乐是怎样的,单就呼吸单就走道单就张眼看耸耳听的幸福是怎样的。因此你得严格的为己,极端的自私,只许你、体魄与性灵,与自然同在一个脉搏里跳动,同在一个音波里起伏,同在一个神奇的宇宙里自得。我们浑朴的天真是象含羞草似的娇柔,一经同伴的忤触,他就卷了起来,但在澄静的日光下,和风中,他的姿态是自然的,他的生活是无阻碍的。

第四章
"自由"是永恒的理想

反抗现实的激情:
《这是一个懦怯的世界》

  徐志摩与陆小曼的恋爱在北京引起了诸多讨论,其中对这段恋情的负面评价使徐志摩不堪其扰。1925年,在舆论中心的徐志摩创作了《这是一个懦怯的世界》,展示了来自外界的重重压力。这首诗充满狂放的激情,对周遭世界表达了强烈的不满和愤怒,"懦怯的世界"与勇敢的恋人形成一组对比,突出了现实环境与充满个性、追求爱表达爱的个体之间的紧张关系。在对这段恋情的表白之外,这首诗还表达了徐志摩本人对个性、对自由的向往和追求。写作这首诗的时候,徐志摩正意图处理与张幼仪的离婚事宜,社会上反对的声音层出不穷,徐志摩的族人也持反对意见,在徐志摩的眼中这人间所带来的就只剩下苦痛和折磨,故而这首诗中表露出了一种逃离现实处境、向彼岸世界寻找安慰的倾向。

这是一个懦怯的世界,

容不得恋爱,容不得恋爱!

披散你的满头发,

赤露你的一双脚;

跟著我来,我的恋爱,

抛弃这个世界

殉我们的恋爱!

我拉著你的手,

爱,你跟著我走;

听凭荆棘把我们的脚心刺透,

听凭冰雹劈破我们的头,

你跟著我走,

我拉著你的手,

逃出了牢笼,恢复我们的自由!

跟著我来,

我的恋爱!

人间已经掉落在我们的后背,——

看呀,这不是白茫茫的大海?

白茫茫的大海,

第四章
"自由"是永恒的理想

白茫茫的大海，

无边的自由，我与你与恋爱！

顺著我的指头看，

那天边一小星的蓝——

那是一座岛，岛上有青草，

鲜花，美丽的走兽与飞鸟；

快上这轻快的小艇，

去到那理想的天庭——

恋爱，欢欣，自由——辞别了人间，永远！[①]

诗人以"殉"字显示了对抗世界的决心。"懦怯的世界"容不得人们追求爱和自由，徐志摩便要抛弃这个世界，与容不下自我的环境决裂。这是一种蓬勃的激情，也是一种天真的幻想，幻想恋爱的双方能够"逃出了牢笼，恢复我们的自由！"，使得这首诗带上了某种英雄主义和理想主义的气质。反叛精神促使诗人展开一种对理想生活的幻想，幻想脱离人间的管辖后，所到的一片自由境界，那里是"白茫茫的大海"，拥有"无边的自由"，是"理想的天庭"，诗人几乎沉溺在自

[①] 徐志摩. 这是一个懦怯的世界 // 徐志摩全集：第四卷. 天津：天津人民出版社，2005：212-213.

己的空想中。穆木天《徐志摩论》评价徐志摩是"生命的信徒",认为徐志摩不断地以一种呐喊的方式与所在的世界对抗,以一种与命运对抗的态势践行自己的信仰。①确实如此,我们在这首诗中能够感受到徐志摩不断地控诉时代,控诉社会对自由、爱和美的禁锢,展现出一种信徒式的狂热。与前一章我们看到的徐志摩的爱情诗不同,这首诗褪去了爱情的柔软、缠绵,代之以激越的誓言。以愤怒为出发点,以逃离为目的地,这首诗是一个恋爱中人面临外界的阻挠所做出的反抗,显示出一种狂飙的气势。"懦怯"是对这个世界的本质概括,因为这个世界压抑真情,限制自由,拒斥个性的解放和表达。但是这"懦怯"的世界却具有强大的压迫性,社会风俗和礼教制约中,徐志摩感受到了"懦怯"的世界对个体自由的步步紧逼,殉道者的形象自此诞生,以自身的毁灭完成对世俗的逃离,这是诗人对现实世界做出的最大抗争。如果说这首诗仅仅颂扬恋爱,仅仅控诉恋爱的艰难,那么它不会获得这样大的影响力,也不会在今天还能够被读者毫无阻碍地接受和传诵。诗中透过恋爱看到的是受阻的自由。诗人希望能够"逃出了牢笼,恢复我们的自由"的精神强力,其态度之果断、手段之激烈,是一种毁灭一切的勇气。如果说诗歌前两节横冲直撞地显示出一种

---

① 穆木天.徐志摩论.文学,1934,3(1).

毁灭的冲动，诗歌的后两节就集中显示出一种创造、建设的欢欣。诗人自在随心的诗情促使这两节产生了天真浪漫的情调，情绪的转变与形式的开放共同构建了理想世界的蓝图。这世界有徐志摩倾心的自然事物，舒缓和煦，最重要的是容纳爱、美和自由存在。然而，这毕竟只是幻梦中的理想世界。

这首诗与《云游》《阔的海》相比，写作时间早，但是人与外部的对峙关系却显露得比较明显，展现了恋爱中的青年为了自己和恋人的幸福对抗一切的孤勇。这种孤勇在《云游》《阔的海》的沉淀中显得有些幼稚和天真。但是，这种天真的渴慕，却分外动人心弦，它不断地引起我们的共鸣，引起人性深处对自由无限的向往和对理想之地的精神逡巡。在这个意义上，徐志摩几乎写出了每一个年轻人可以拥有的生命力，完成了对自由的歌唱。

【经典品读】

徐志摩《去罢》

去罢，人间，去罢！
我独立在高山的峰上；
去罢，人间，去罢！
我面对著无极的穹苍。

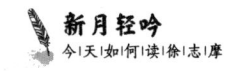

去罢,青年,去罢!

与幽谷的香草同埋;

去罢,青年,去罢!

悲哀付与暮天的群鸦。

去罢,梦乡,去罢!

我把幻景的玉杯摔破;

去罢,梦乡,去罢!

我笑受山风与海涛之贺。

去罢,种种,去罢!

当前有插天的高峰!

去罢,一切,去罢!

当前有无穷的无穷!

【我来品说】

1. 结合你的审美体验,分析徐志摩诗歌中"云"的含义。

2. 谈谈徐志摩的诗歌是如何使用意象表达自由的。

第五章 对"三美"的实践

导读

新月派诗人闻一多曾提出著名的诗歌理论"三美"说,展示出对诗歌形式和内容的美学追求。徐志摩作为新月派的代表诗人,他的诗歌创作实践了新月派对诗歌形式和内容的要求,以"建筑之美""绘画之美""音乐之美"来分析徐志摩的诗歌再合适不过。也恰恰是通过这些主张,我们能够更好地理解徐志摩的新诗是如何在现代文学史上留下独属于他的位置的。

第五章 对"三美"的实践

徐志摩谈到自己的诗歌创作时曾提到,自己第一部诗集《志摩的诗》中的诗歌谈不上什么艺术或者技巧,直到"民国十五年我和一多、今甫一群朋友在《晨报副镌》刊行《诗刊》时方才开始讨论到"[1]。这段话无疑指出了闻一多等人所提出的诗歌理论在徐志摩诗歌创作过程中的重要意义。徐志摩与闻一多同属新月派诗人,闻一多所提出的诗歌理论——"三美"主张,在一定程度上代表了新月派诗人的集体观念和实践依据。闻一多指出,"诗的实力不独包括音乐的美(音节),绘画的美(词藻),并且还有建筑的美(节的匀称和句的均齐)"[2],这三个对诗歌的要求实际上显示出了新月派诗人在传统与现代之间,在中国与西方之间做出的调和努力。徐志摩以丰富的才情和出色的技巧,创作了不少可称精品的诗篇,用新月派诗人提出的诗歌理论来解读新月派诗人的创作,不仅可以让我

---

[1] 徐志摩.《猛虎集》序//徐志摩全集:第三卷.天津:天津人民出版社,2005:393.

[2] 闻一多.诗的格律.晨报副刊·诗镌,1926(7).

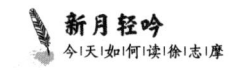

们更清楚地理解徐志摩的诗歌怎么好、好在哪里，也可以让我们感受到诗歌创作是一种游走在视觉、听觉之间的艺术。

第五章 对"三美"的实践

严谨工整之美:
《我不知道风是在那一个方向吹》

徐志摩的《我不知道风是在那一个方向吹》[①]创作于1928年,这个时期徐志摩在上海光华大学和东吴大学任教,这一年他的散文集《自剖》出版,《新月》创刊,在创刊号上,徐志摩发表了《〈新月〉的态度》。此时的徐志摩已经由一种单纯的、充满激情的创作,走向了一种沉静的、富于思考的创作道路。这首诗共六节,每节字数均齐,是徐志摩实践"三美"创作原则中"建筑之美"的一个范例。

> 我不知道风
> 是在那一个方向吹——
> 我是在梦中,
> 在梦的轻波里依洄。

[①] 有一些版本据当代用字习惯改"那"为"哪"。

新月轻吟
今天如何读徐志摩

我不知道风
是在那一个方向吹——
我是在梦中,
她的温存,我的迷醉。

我不知道风
是在那一个方向吹——
我是在梦中,
甜美是梦里的光辉。

我不知道风
是在那一个方向吹——
我是在梦中,
她的负心,我的伤悲。

我不知道风
是在那一个方向吹——
我是在梦中,
在梦的悲哀里心碎!

我不知道风

> 是在那一个方向吹——
> 我是在梦中，
> 黯淡是梦里的光辉。①

这首诗的建筑之美一定要通过看整首诗的节、句排布才能品读出来，每一节的字数都经过诗人的严格控制，成就一种直观的整齐美。闻一多在阐释诗歌建筑之美时说："我们的文字是象形的，我们中国人鉴赏文艺的时候，至少有一半的印象是要靠眼睛来传达的。原来文学本是占时间又占空间的一种艺术。既然占了空间，却又不能在视觉上引起一种具体的印象——这本是欧洲文字的一个缺憾。我们的文字有了引起这种印象的可能，如果我们不去利用它，真是可惜了。所以新诗采用了西文诗分行写的办法，的确是很有关系的一件事。"②利用中国文字象形的特点和方块文字整齐排列所带来的视觉效果，可以使我们的诗歌具有一种与英文诗歌不同的美学特征。徐志摩认同闻一多对建筑美的提倡，他在《晨报副刊·诗镌》上发表的《诗刊弁言》中表示，"我们信完美的形体是完美的精神唯一的表

---

① 徐志摩. 我不知道风是在那一个方向吹 // 徐志摩全集：第四卷. 天津：天津人民出版社，2005：338-339.

② 闻一多. 诗的格律. 晨报副刊·诗镌，1926（7）.

现"①，这足以体现出徐志摩对诗歌体式的重视。在徐志摩看来，诗歌创作乃至所有文学创作从根本上是一种艺术，而且是一种与美术、音乐相通的艺术。诗歌的建筑美无疑是诗歌与美术、音乐等艺术融合后产生的效果。方块字本身就具有一种整齐的美感，这与中国汉字几千年来的书写方式和书法美学息息相关。汉字是一种既能传达意义又具有审美属性的文字，字与字如何排列，行与行如何成书，都有很多讲究，关联着写作者对美的追求。在汉字本身所具有的视觉特点上下功夫，是一项具有创见的工作。由此可见，诗歌的建筑美主要指的就是在排列诗歌节、句的时候形成的一种图形的美感。

徐志摩的《我不知道风是在那一个方向吹》是一首做到了"相体裁衣"的作品。所谓"相体裁衣"即是诗人依据想要通过诗歌表达的情感、内容来选择、设计适合的形式，而非像古代的诗词写作那样，已经有规定好的形式，只将表达的内容做替换，这就是闻一多所说的"律诗的格律与内容不发生关系，新诗的格式是根据内容的精神制造成的"②。具体分析来看，就是指每一节的字数、缩进排列都遵循相同或者相似的体式，同时，这种体式也不是一成不变的，而是参差有致的，形成了

---

① 徐志摩．诗刊弁言//徐志摩全集：第二卷．天津：天津人民出版社，2005：416.

② 闻一多．诗的格律．晨报副刊·诗镌，1926（7）.

第五章 对"三美"的实践

一种视觉上的错落感和节奏上的张弛有度。全诗共六节,每节四句,每一节都以相同的三句"我不知道风/是在那一个方向吹——/我是在梦中"为开头,每节第四句略有不同,但都是八个字。事实上对诗歌建筑美的要求,古典诗歌就有了。古典诗歌有四言、五言、七言等体式,有律诗、绝句等之分,词讲究依照词牌进行创作,曲也讲究曲牌,都是依托固定的体式要求进行创作。但是,为什么新诗也有"格律"的要求,也有体式的考虑,却仍然能够被称作"新诗"?为什么这种对形式的要求不是一种复古而是一种创新?闻一多在《诗的格律》中将现代诗和古代律诗进行了对比,他认为:"律诗也是具有建筑美的一种格式;但是同新诗里的建筑美的可能性比起来,可差得多了。律诗永远只有一个格式,但是新诗的格式是层出不穷的。"[1]我们注意到"可能性"一词,代表的就是一种新诗的创造。新月派诗人主张对诗歌的形式进行限制,主张要"戴着镣铐跳舞",但是戴着镣铐要能起舞,要舞得好,关键就在于将新诗的创造力同形式结合在一起,碰撞出诸多可能性。徐志摩这首诗,在体式上是符合诗人对诗歌的规定的,但是又是自由的;是"戴着镣铐"的,但是却舞出了一种轻盈,没有因为追求体式上的整齐而妨碍内在精神的抒发。这就是徐志摩的诗能

---

[1] 闻一多. 诗的格律. 晨报副刊·诗镌, 1926 (7).

做到有建筑性，又在建筑性上发展出一种个性的美的原因。很多诗歌在创作的过程中，过分追求均齐，导致诗歌偏于一隅，反而把诗歌该有的美埋没了，这就是没能准确把握新诗的特质，使灵感被形式辖制了。我们之所以说徐志摩的诗歌做到了"相体裁衣"，一方面是从创作的角度看，徐志摩的诗作是循着诗人所要表达的内容去主动设计一种形式的，另一方面从读者的角度看，比起古代律诗"非得把它挤进这一种规定的格式里去不可"[①]，新诗的"相体裁衣"显得格外人性化、亲切，也更加适用于白话文诵读。

这具有建筑美感的诗行，又是如何交织着诗人的思绪的呢？诗歌具有视觉美固然可贵，但是单纯具有视觉上的美感，是无法使徐志摩的诗歌流传至今的。从根底上讲，徐志摩的诗歌之所以到今天还能获得回响，还未令大家觉得过时，是因为徐志摩的诗歌传达的是某种人类共有的情绪，实践的是形式和内容的高度统一。茅盾在评价这首诗时说得很到位："我们能够指出这首诗形式上的美丽：章法很整饬，音调是铿锵的。但是这位诗人告诉了我们什么呢？这就只有很少很少一点儿。我们可以说，首章的末句'在梦的轻波里依洄'，差不多就包括了说明了这首诗的全体。诗人所咏叹的，就只是这么一点'回肠

---

① 闻一多.诗的格律.晨报副刊·诗镌，1926（7）.

荡气'的伤感的情绪；我们所能感染的，也只有那么一点微波似的轻烟似的情绪。"[①]茅盾抓住了徐志摩这首诗的整体基调，从情感的角度、读者的角度对这首诗所表达的愁绪进行了抽丝剥茧般的还原。徐志摩在形容自己时曾说，自己由"一个曾经有单纯信仰的流入怀疑的颓废"。单纯的信仰在社会现实的冲击下流于消沉，曾经那个充满理想、天真单纯、身上流动着激情和生命力的徐志摩在接触了社会生活，特别是1928年前后的社会实际后，陷入了一种对自身理想和信仰的怀疑，并因此而感到消沉。正如前面几章所分析的那样，无论是追求恋爱、明星的"我"，还是喜忧参半的雪花、偶然相逢的云与海，都有自己的"方向"，但是，这首诗中的风的方向却变得缥缈不定，难以把握。那种对方向坚定的信仰，转变成了对自我、对外界的全然怀疑。正如茅盾所言，整首诗在梦般的氛围中低回缥缈。如果用一个字来概括整首诗的基调，那就是"梦"字。诗人入梦开始倾诉，在梦中看到光辉，也在梦中感到心碎，一次次低语，像是梦中的一阵阵呢喃，在诗中不断回荡。找寻风的方向，没有方向的风自然是彷徨无依的。虽然也曾看到过"甜美的光辉"，但是接着就是伤悲、心碎，光辉随之走向暗淡，一次次在梦中的追问也因这种情绪的百转千回归于平淡而愈

---

① 茅盾. 徐志摩论. 现代, 1933, 2 (4).

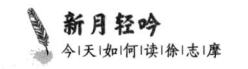

加显得孤独。诗中的"她"指的是什么呢?"她的温存,我的迷醉",此时梦是甜美的;"她的负心,我的伤悲",此时梦的光辉都暗淡了。应该说"她"与诗人在《雪花的快乐》《我有一个恋爱》等诗歌中所描写的"明星"等对象是相同的,"她"是诗人的理想和信仰。在梦中诗人经历了对理想的追寻、失落、心碎的过程。诗人早先那种面对理想勇敢追求的情思,激昂的情绪,轻盈灵动的姿态,在这里都化为一种落寞,诗人早先对自身方向的坚定也转变为怀疑和迷茫。

闻一多《死水》

这是一沟绝望的死水,
清风吹不起半点漪沦。
不如多扔些破铜烂铁,
爽性泼你的剩菜残羹。

也许铜的要绿成翡翠,
铁罐上锈出几瓣桃花;
再让油腻织一层罗绮,
霉菌给他蒸出些云霞。

第五章 对"三美"的实践

让死水酵成一沟绿酒,
漂满了珍珠似的白沫;
小珠们笑声变成大珠,
又被偷酒的花蚊咬破。

那么一沟绝望的死水,
也就夸得上几分鲜明。
如果青蛙耐不住寂寞,
又算死水叫出了歌声。

这是一沟绝望的死水,
这里断不是美的所在,
不如让给丑恶来开垦,
看他造出个什么世界。

灵动飘逸之美：《沙扬娜拉》

1924年4月12日泰戈尔访华抵达上海，同年4月到5月间徐志摩作为翻译和陪同人员随泰戈尔在上海、杭州、北京、太原等多地访学，5月29日徐志摩陪同泰戈尔到访日本。在日期间，他写下了以十八首诗构成的组诗《沙扬娜拉》，并收入1925年8月出版的《志摩的诗》，诗集再版的时候，删去了其余十七首诗，只保留十八首诗中的最后一首，可见诗人对这首诗的重视。

> 最是那一低头的温柔，
> 像一朵水莲花不胜凉风的娇羞，
> 道一声珍重，道一声珍重，
> 那一声珍重里有蜜甜的忧愁——
> 沙扬娜拉！[1]

---

[1] 徐志摩. 沙扬娜拉：赠日本女郎 // 徐志摩全集：第四卷. 天津：天津人民出版社，2005：157.

第五章 对"三美"的实践

中国传统诗歌中不乏显示出"绘画美"的创作，比如王维就是典型的将绘画与诗歌艺术共冶一炉的诗人，是诗人也是画家的苏轼曾这样评价王维的诗、画："味摩诘之诗，诗中有画；观摩诘之画，画中有诗。"拿我们耳熟能详的"大漠孤烟直，长河落日圆"两句来说，便是经典的"诗中有画，画中有诗"的佳作。更何况，中国传统诗歌中有不少诗歌是专门的题画诗，所谓"诗情画意"，正说明了诗歌与绘画这两种艺术，本身就在中国文学传统中相互交织、渗透。回观徐志摩的这首《沙扬娜拉》，这首诗要表达的内容实际上非常简单，即是写道别的场面，说一句再见，道一声珍重，诗也极为短小，但是它却在有限的篇幅中体现了一种绘画美，这种绘画美体现在这首诗搭建的情景结构上，体现在这首诗清白无垢的色彩中，更体现在这首诗能带给读者的无尽遐想里。

诗的副题是"赠日本女郎"，毫无疑问，这位日本女郎是整首诗歌表现的中心。这位女郎如水莲花一般清纯、羞怯，代表了某种含蓄、温柔的美，具有典型的东方意蕴，仿佛美的化身，带有诗人为之所动的美丽。诗人并没有透露这位女郎是谁，也没有以一种工笔画的方式对女郎的外表进行细致的描绘，而是通过模糊的外貌、遮挡面容的动作，描绘出一种氛围。在这种氛围中，女郎的娇羞、风情、气质都被烘托出来了。世界上对美的定义难以计数，诗人没有以某种美的标准对女郎的外貌加以限制，这反而使女郎成为一种美的化身。确定的美总是会转化为"不美"的，然而不确定的美、不被定义的美，却能够恒久具有魅力。一句"像一朵水莲花不胜凉风的娇羞"又为读者指引了想象的方向：她似乎不胜凉风，十分娇弱，又有一种"出淤泥而不染，濯清涟而不妖"的美。

这首诗为读者展现的是一张告别图。其间有女郎含蓄低头的温柔，有告别的忧愁，似静似动，女郎的羞怯仿佛昭示着这是一幅定格在瞬间的静态画，而告别的行动又仿佛这是一幅动态图。换句话说，这首诗仿佛为我们描写了一个告别的情节，既是诗歌，又是戏剧的一个片段。由此，我们可以自由地发挥想象，这是怎样一种告别的场景？是诗人同女郎的告别吗，还是诗人见证的一场告别？是女郎说出的珍重吗，还是告别的另一方道出的不舍？又或者是两人在一声声交错的珍重中诉说出各自的忧愁呢？袁可嘉在《新诗戏剧化》一文中指出，所谓"新诗戏剧化"，"即是设法使意志与情感都得着戏剧的表现，而闪避说教或感伤的恶劣倾向"[①]。徐志摩的这首诗恰恰就是构筑了这样一个画面，使这一次告别得到了被拉长、被想象、被构筑的机会，使这一次告别具有某种戏剧的效果。在这个意义上，这首诗又变得像一个片段，一个场景，一次戏剧演

---

① 袁可嘉．新诗戏剧化．诗创造，1948（12）．

第五章 对"三美"的实践

出。徐志摩捕捉了告别过程中最具代表性的声与光,正如我们在看一幅画作时,总是站在画外与作者共享相同的视角一样,在读这首诗的过程中,我们也拥有了和诗人一样的目光。这目光从女郎的温柔,走向某种告别的场景,最后走进了我们每个人的心里。如果说一开始我们和诗人共用一双眼睛来观察一切的话,那么最后诗人又把观察和想象画面、构筑画面结构的主动权还给了我们,我们可以任意想象画中有多少人,是谁在告别,又是谁在见证告别。我们在用我们自己的双眼和情感画出一幅属于我们自己的告别图,从这个意义上讲,这首诗既是在作画,又是在看画,既是诗中有画,又超越了绘画本身。

或许我们可以这样理解徐志摩诗歌的绘画美——他诗歌中"绘画美"并不仅仅在于诗歌本身构筑了一幅怎样充满确定性的画作,而且在于诗歌本身成就的是一幅多义的、复杂的、丰富的画作。他的诗歌之所以能够具有"绘画美"的特质,关键在于他的文字再现一种视觉艺术的方式。我们需要通过徐志摩诗歌的绘画特质追问的,恰恰是徐志摩的文字在再现绘画这种视觉艺术的时候,是否贬损了绘画这种视觉艺术带来的冲击,是否限制了视觉艺术给人留下的深刻印象,是否窄化了我们想象的空间。我想答案很明显,徐志摩的诗歌反而给我们构筑了更多的空间,为我们提供了更多自由想象的机会。这样的诗情画意,创造了丰富的阐释空间,使我们可以从自身的生活体验和审美追求出发，构筑属于我们自己的场景，唤起我们每个人的诗情。纵然生活中的告别随处可见，我们每个人的人生都要面临无数次告别，有些告别是还会再见的，有些告别却再也不能相见，带有我们每个人生命体验的告别使得这首诗中的"珍重"变得非比寻常，这一句"珍重"传递出来的人生滋味也变得百转千回起来。重叠的两声"道一声珍重"形成了诗歌音韵的回旋，加重和延长了情感的韵律，不论这告别究竟出自谁口，都足够缠绵，足够忧愁，使情绪在重复中不断攀升，在"沙扬娜拉"四个字出现的那一刻到达顶点，告别的行动也在一句"沙扬娜拉"中画上了句号。然而这首诗读到这里却没有一种戛然而止之感，反而留下了一种余味，留下了一种说不尽的温情，做到了言有尽而意无穷。我们不禁会继续发散思维，这最后的一声"沙扬娜拉"之后，是告别双方对望呢，还是告别双方各自走向自己的方向？无论我们如何想象，水莲花留下的单纯、馨香、温暖，这一首短诗勾起的我们的个人化的回忆和体会，都是徐志摩这首诗独特的艺术贡献和无法忽视的力量。

这首诗之所以能够流传至今还为人所传诵，一个很重要的原因就是诗人不仅构筑了一幅画，而且将画笔交付读者，读者通过自己的想象，注入自身的生命经历，以独属于每个个体的记忆共同完成了这幅告别图。

第五章 对"三美"的实践

回环往复之美：
《沪杭车中》《再不见雷峰》

徐志摩的诗歌还有一个突出的特点，就是极富音乐性，他的不少诗歌作品如《偶然》《海韵》等都被改编为歌曲传唱。徐志摩对诗歌的音乐性有自觉的追求，他对诗歌音乐美的强调比较集中地体现在他的《〈诗刊〉放假》一文中。他认为诗歌是一个完整的生命体，一首诗歌的音节就好比一个人身上的血脉，一首诗歌的内容是需要经过"音节化"的处理，才能成为诗歌的。也就是说，诗歌不能只具备思想或情绪，还需要将这些诗意、诗感外化为有音节的形式才行。这足以见得对音乐美的追求在徐志摩看来是很重要的，他甚至进一步说明，与字数均齐的要求相比，更本质的、更具有主动性的应该是诗歌的音节，是由音节来决定诗行的排列方式，而非由某一种固定的体式来要求音节。诗人需要依据自身体会的一种音节的波动来完善诗歌的形式，这也就更好地说明了我们在讲"建筑美"时所提到的"相体裁衣"一语。同时我们还要注意，徐志摩虽然提

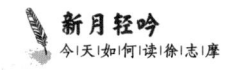

出了音节的重要性，提出了音乐性对诗歌的重要价值，但他并不认为音节就是诗歌的全部特质，他认为音节本身如何被诗人领悟、使用，有赖于诗人的"诗感"或者说诗意。也就是说，不是符合音韵、格式均齐的语句就是诗句，诗歌必须同时具有内在的诗意（即内容）和外在的形式两个方面。在对徐志摩的音乐性追求有一定了解后，我们不妨看两个例子来更好地理解徐志摩诗歌中的音乐之美。

《沪杭车中》是徐志摩于1923年10月30日创作的一首诗，那时胡适在杭州疗养肺病，徐志摩及堂弟去杭州探望胡适，这首诗之所以叫"沪杭车中"，是因为徐志摩从硖石到杭州经过沪杭线时，在火车上写下了这首诗。

匆匆匆！催催催！
一卷烟，一片山，几点云影，
一道水，一条桥，一支橹声，
一林松，一丛竹，红叶纷纷；

艳色的田野，艳色的秋景，
梦境似的分明，模糊，消隐——
催催催！是车轮还是光阴？

第五章 对"三美"的实践

催老了秋容,催老了人生![①]

这首诗读起来最有趣之处莫过于开头的"匆匆匆!催催催!"一语了,这是模仿火车车轮的声音,也表达了一种时光匆匆流过、岁月催人的意味。这体现出了汉字的魅力,利用汉字同音的特点,不仅在音节上以叠字点明"车中"这一诗歌发生的场景,而且重复的三个单音节字构筑了一种飞速向前的氛围。随后出现的,是一组九个相对安静的意象,使得诗歌的节奏渐渐慢了下来。这些意象有动有静,有声有色,共同把时空拉长了,自然地缓和了紧张的情绪。烟、山、云影是远景,提供了一种安静的氛围;水、桥、橹声是近景,营造一种听觉上的祥和;松、竹、红叶则为这一趟旅途增添不少色彩。这些意象前量词的使用也堪称绝妙,让这些意象更添一份可爱。随后,"催催催"在第二节重复出现,整首诗又被带入了车轮飞速、时光飞逝的语境中去,诗人在第一节中短暂的思绪飘飞,诗人因所见而产生的静止之感夹在前后两次"催催催"之间,仿佛是现实的声音从幻想中唤醒了诗人,使诗人从世外桃源般宁静的思绪中回到现实,直面时间的流逝。短暂的抒情之景被

---

① 徐志摩. 沪杭车中//徐志摩全集:第四卷. 天津:天津人民出版社,2005:127.

新月轻吟
今天如何读徐志摩

车马之声打断，那车窗边飞速滑过的景色像是匆匆一梦，催催又醒。车轮走过的风景恰如人生走过的风景，催催催的车轮有声，匆匆匆的时光无音，却在一日日的生活中毫不留情地向前走去。第一节中描绘的种种场景如南柯一梦，而人生中的种种经历、世事无常又何尝不像大梦一场呢？徐志摩有一种诗人的情怀，让他眼中之景往往被点染了诗的色彩，车轮与光阴，种种景象与人生万事，如梦初醒，留下的是一种怅惘和忧愁。1923年的徐志摩，未满30岁，却油然而生一种"催老了人生"之感，可见徐志摩心中的苦闷和忧郁。这首诗将汉字的音、义特点发挥出来，从车轮之声与车外景象入手，以小见大，升华到人生的高度。

徐志摩的另一首作品《再不见雷峰》则更能令人体会诗歌音乐性的特质。

再不见雷峰，雷峰坍成了一座大荒冢，
顶上有不少交抱的青葱；
顶上有不少交抱的青葱，
再不见雷峰，雷峰坍成了一座大荒冢。

为什么感慨，对着这光阴应分的摧残？
世上多的是不应分的变态；

第五章 对"三美"的实践

世上多的是不应分的变态,

发什么感慨,对着这光阴应分的摧残?

为什么感慨:这塔是镇压,这坟是掩埋,

镇压还不如掩埋来得痛快!

镇压还不如掩埋来得痛快,

发什么感慨:这塔是镇压,这坟是掩埋。

再没有雷峰,雷峰从此掩埋在人的记忆中:

像曾经的幻梦,曾经的爱宠;

像曾经的幻梦,曾经的爱宠,

再没有雷峰,雷峰从此掩埋在人的记忆中。①

《再不见雷峰》是徐志摩1925年9月创作的一首诗。不难看出,这首诗中多次使用重复的手法,营造出一种回环之感,每一节只两句内容重复吟诵,首尾呼应,第一句、第四句基本相同,第二句、第三句相同,简化了情感表达,强化了诗歌的音乐性。

诗人还曾写诗《月下雷峰影片》吟咏月下的雷峰塔:

---

① 徐志摩. 再不见雷峰 // 徐志摩全集:第四卷. 天津:天津人民出版社,2005:268-269.

新月轻吟
今天如何读徐志摩

月下雷峰影片

我送你一个雷峰塔影,

满天稠密的黑云与白云;

我送你一个雷峰塔顶,

明月泻影在眠熟的波心。

深深的黑夜,依依的塔影,

团团的月彩,纤纤的波鳞——

假如你我荡一只无遮的小艇,

假如你我创一个完全的梦境! ①

《月下雷峰影片》中的雷峰塔具有梦幻的性质,这一个"完全的梦境"却在1924年9月25日这天破碎,这一天杭州西湖边上的雷峰塔倒塌,鲁迅也写有杂文《论雷峰塔的倒掉》《再论雷峰塔的倒掉》记录此事件。徐志摩和鲁迅等人记录的雷峰塔原本在杭州西湖净慈寺前面,这座塔是公元977年吴越王钱俶所建,原名皇妃塔,又被称为西关砖塔、王妃塔。因为这座塔建在一座名叫雷峰的山上,所以也叫雷峰塔。这座塔在文学上有许多书写,西湖十景中的"雷峰夕照"就是代表。雷峰塔的倒掉代表着徐志摩对自身理想和追求的一次质疑,在现实的冲

---

① 徐志摩. 月下雷峰影片 // 徐志摩全集:第四卷. 天津:天津人民出版社,2005:120.

第五章 对"三美"的实践

击下,徐志摩以一种回环往复、一咏三叹的方式表达了自身的情绪,慨叹了梦境破碎。每节的前两句情绪最为高昂,无论是愤怒也好,惊讶也罢,都在每节的后两句化为一种怅惘,这样情绪随着音节的流转构成了一条具有波峰、波谷的曲线,这样的波动更加能令读者体会到雷峰塔倒掉给徐志摩带来的震撼。

卞之琳在为《徐志摩选集》写的序中曾提到,徐志摩诗歌最大的艺术特色就在于富于音乐性。而这种音乐性又与新诗创作紧密结合在一起。我们说古代的诗歌也具有音乐性,古人创作的很多诗歌本身就以唱诵的方式表达出来,更是注重韵脚的和谐和平仄的交替。但是自从白话文运动以来,如何使白话文在表达的同时也能具有一种音乐性,就是诗人们需要考虑的一个重要问题了。"新诗"是用白话文写就的,卞之琳特别指出:"过去许多读书人,习惯于读中国旧诗(词、曲)以至读西方诗而自己不写诗的(例如林语堂等)还是读到了徐志摩的新诗才感到白话新体诗也真像诗。"[1]能将白话文写出音乐的美妙,写成诗化的新诗,这就是徐志摩的功力所在。我们在读他的《再不见雷峰》时,并不会感到晦涩、难懂,甚至觉得亲切、亲热,就是因为徐志摩用符合白话文语用习惯的表达,写出了富有诗意、充满诗感的作品。

---

[1] 卞之琳.《徐志摩选集》序//卞之琳文集:中.合肥:安徽教育出版社,2002:318.

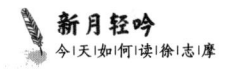

【经典品读】

徐志摩《〈诗刊〉放假》（节选）

　　再说具体一点，我们觉悟了诗是艺术；艺术的涵义是当事人自觉的运用某种题材，不是不经心的一任题材的支配。我们也感觉到一首诗应分是一个有生机的整体，部分与部分相关连，部分对全体有比例的一种东西；正如一个人身的秘密是它的血脉的流通，一首诗的秘密也就是它的内含的音节，匀整与流动。这当然是原则上极粗浅的比喻，实际上的变化与奥妙是讲不尽也说不清的，那还得做诗人自己悉心体会去。明白了诗的生命是在它的内在的音节（Internal rhythm）的道理，我们才能领会到诗的真的趣味；不论思想怎样高尚，情绪怎样热烈，你得拿来澈底的"音节化"（那就是诗化）才可以取得诗的认识，要不然思想自思想，情绪自情绪，却不能说是诗。但这原则却并不在外形上制定某式不是诗某式才是诗；谁要是拘拘的在行数字句间求字句的整齐，我说他是错了。行数的长短，字句的整齐或不整齐的决定，全得凭你体会到的音节的波动性；这种先后主从的关系在初学的最应得认清楚，否则就容易陷入一种新近已经流行的谬见，就是误认字句的整齐（那是外形的）是音节（那是内在的）的担保。实际上字句间尽你去剪裁个齐整,诗的境界离你还是一样的远着;你拿车辆放在牲口的前面,你那还赶得动你的车?我们还可以进一步说,正如字句的排列有待于全诗的音节,音节的本身还得起原于真纯的"诗感"。再拿人身作比,一首诗的字句是身体的外形,音节是血脉,"诗感"或原动的诗意是心脏的跳动,有它才有血脉的流转。

【我来品说】

1. 结合闻一多的《死水》,谈谈徐志摩与闻一多诗歌的建筑美。

2. 如何理解徐志摩诗歌的建筑美、绘画美和音乐美?

第六章 "一部无韵的诗"

> **导读**
>
> 徐志摩短促的一生,却在中国现代文学史上留下了不可磨灭的印迹。直到今天,每当我们谈及现代新诗发展史时,徐志摩的贡献都是不容小觑的。徐志摩天真、浪漫、忧郁的独特气质,既是理解其诗歌的突破口,也是深入了解诗人人生际遇的突破口。本章将对徐志摩的诗歌创作、人生际遇、爱与信仰等做一个总结性的回顾。

第六章
"一部无韵的诗"

不得不说，徐志摩的新诗实践是非常成功的。他诗中那细腻灵动的笔触、诗情画意的表达以及和谐均齐的排布，至今仍具有扣人心弦的力量。梁实秋曾说过，五十年可以作为衡量作品价值的一个标准。近一个世纪后的今天，我们再读徐志摩，仍然能感受到"新月轻吟"所带来的震动，足见徐志摩的作品是经得起时间的考验的。徐志摩去世近一个世纪后的今天，他的诗仍旧大放异彩，令人回味，吸引着无数的读者不断体悟品味。杨振声在《与志摩最后的一别》一文中，把徐志摩比作"秋空的一缕行云"，云卷云舒，潇洒浪漫，将其一生的行止概括为"一部无韵的诗"。[①] "无韵"意味着不受形式限制；意味着徐志摩其诗其人，处于人诗合一的状态；意味着一种流动的、蓬勃的、灵动的诗感不仅洋溢在徐志摩的作品中，也融化在徐志摩的血肉里，这既是诗人的生命体验，也是他长久的生存状态。

---

① 杨振声. 与志摩最后的一别 // 舒玲娥. 云游：朋友心中的徐志摩. 武汉：长江文艺出版社，2005：65.

"人人的朋友"

1931年11月22日，新月派女诗人方令孺在徐志摩逝世两天后，以"志摩是人人的朋友"为题作文，来悼念徐志摩这位古道热肠的朋友。"人人的朋友"无疑是徐志摩的重要品格之一。众所周知，徐志摩不仅在文学创作方面成绩斐然，在人际交往上，也是一位妥妥的社交达人。叶公超在《新月拾旧：忆徐志摩二三事》一文中，曾提及徐志摩的社交天赋，"志摩与人认识十分钟就像二十年老友，从跑堂、司机、理发师……什么人都是朋友，看起来他好像是从来没有受过什么挫折和痛苦的人，永远充溢了蓬勃的生气和不败的兴致"[1]。徐志摩不仅天生"自来熟"，且视朋友如生命，对亲友真诚以待。他的交友范围十分广泛，朋友圈遍布海内外。达官贵人、大家闺秀、文人学者、商界大咖、政界要员，三教九流不分贵贱，他都能够与之谈得来。他那豪爽的态度、风雅的谈吐还有热烈的情感，

---

[1] 叶公超. 新月拾旧：忆徐志摩二三事//舒玲娥. 云游：朋友心中的徐志摩. 武汉：长江文艺出版社，2005：83.

对朋友们都具有强烈的吸引力。他不但是梁启超的门生,被胡适引为知己,还是罗素家的常客、泰戈尔的忘年交。他凭借一己之力,进入英国20世纪著名的知识分子团体布鲁姆斯伯里交际圈,"结交的却是大作家威尔斯、康拉德,著名批评家墨雷,桂冠诗人布里基思,英国社会主义的主要思想家拉斯基,最重要的美学家弗赖,而当时知识界的领袖狄金森竟成了徐的保护人"[1]。

徐志摩的朋友圈,士农工商"贫富咸宜"。他不但与乞丐一起抽烟谈天说地,即便是对待家里的用人,也鲜少颐指气使。他与老佣人家麟感情很好,家麟死后,他还以这个老佣人为原型创作了小说《家德》来纪念他。郁达夫称自己是徐志摩命运的"热情的同情旁观者",在他看来,徐志摩"善于座谈,敏于交际,长于吟诗的种种美德"[2],使他成为社交中心的重要因素。然而,郁达夫只看到了徐志摩人际交往游刃有余的表象。与人相交,贵在交心,难在真诚。徐志摩却始终保有一颗赤子之心,内心中是"一片春光,一团火焰,一腔热情"[3],

---

[1] 赵毅衡. 对岸的诱惑:中西文化交流记. 成都:四川文艺出版社,2013:3.

[2] 郁达夫. 志摩在回忆里//舒玲娥. 云游:朋友心中的徐志摩. 武汉:长江文艺出版社,2005:12.

[3] 胡适. 追悼志摩. 新月,1932,4(1).

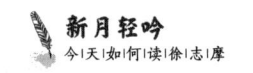

凡是见过他的人,都认为徐志摩是一位值得相交的朋友。

朋友之交贵在雪中送炭,徐志摩做到了。从徐志摩和蒋百里的交往中,我们或许能够见一斑而窥全豹。蒋百里是民国时期著名的军事家,也是新文学界的积极分子,他与徐志摩是亲族,同为梁启超的学生,徐志摩总是亲切地称蒋百里为福叔。1929年蒋冯战争期间,蒋百里的学生唐生智起兵讨蒋,蒋百里曾为其出谋划策,后唐生智兵败出逃,蒋百里因此受到牵连,于1930年被捕,被关在南京三元巷军法处看守所。蒋百里的女儿蒋英说:"蒋百里入狱,震动八方,但头一个跳出来的不是他的学生或部下,而是一个手无缚鸡之力的文人徐志摩。"据说,1930年1月下旬的一天,徐志摩扛着一卷铺盖卷闯入了蒋百里所在的牢房,说:"福叔,今天我就住这儿了,陪你一块坐牢。"这一幕刚好被记者陶菊隐记录了下来。第二天,上海《新闻报》便报道了此事,"徐志摩陪蒋百里坐牢"的消息一出,全国上下为之震动。徐志摩不计个人得失,登高一呼,文学青年云集响应,新月社的成员纷纷南下效仿,"陪百里先生坐牢去",成了当时最时髦的事。这就难怪一年后仍在狱中的蒋百里,惊闻徐志摩逝世的消息,动情地追悼:"口吟的手写的是志摩的文字,不是诗,他的诗是不自欺的生命换来的。"

徐志摩是非常自信的,作为弱国子民的清末留洋学生,徐志摩却只身闯入英国知识分子圈,在英伦世界如鱼得水。当很

第六章
"一部无韵的诗"

多中国留学生还感受到强烈的民族自卑感时,这个二十出头的年轻人,已被推选为英国诗社社员,与著名作家哈代、曼殊斐尔、伍尔芙等人交往。在学者赵毅衡的眼中,徐志摩是"最适应西方的中国文人"[1]。徐志摩总是那样的风度翩翩,他宽容、包纳一切,其外向型的人格和儒雅的绅士气度,对大洋彼岸的文人们,同样具有强烈的吸引力,这些都给英国著名汉学家魏雷(Arthur Waley)留下了深刻的印象。多年后他回忆徐志摩时写道:"以往多年来,中国学生一直到英国接受工业教育。在剑桥大学那一班,大部分来自新加坡;他们当中许多不能说中文,写就更不用谈了。大战刚过后,有一位在中国已略有名气的诗人到了剑桥。他似乎是一下子就从中国士子儒雅生活的主流跳进了欧洲的诗人、艺术家和思想家的行列。这个人就是徐志摩。"[2]

徐志摩对青年人的提携也是不遗余力的。赵家璧、卞之琳、陈梦家、何家槐、许君远、赵景深等文学青年不仅亲耳聆听过徐志摩的课,多数还受到过徐志摩的帮助。何家槐在回忆徐志摩时就提到,徐志摩曾经叮咛他要好好学习英文,叮咛他

---

[1] 赵毅衡. 对岸的诱惑:中西文化交流记. 成都:四川文艺出版社, 2013:2.

[2] 魏雷. 我的朋友徐志摩:欠中国的一笔债. 梁锡华, 译 // 程新. 港台·国外:谈中国现代文学作家. 成都:四川文艺出版社, 1986:232.

要在生活上多敞开心扉去交际。①沈从文更是如此,1923年初到北京谋生的沈从文,屡屡碰壁,被生活的重担压得快喘不过气来时,遇到了徐志摩。徐志摩对这个颇有才气的年轻人大力提携,单单1925年9月至11月的两个多月间,徐志摩在自己主编的《晨报副刊》上刊发的沈从文的作品就有十余篇。事实上,当时作为文学主流刊物的《晨报副刊》,刊发的大多是胡适、闻一多等文学大咖的文章,像沈从文这样一个"无名小卒"能得到这样的机会实属难得。不仅如此,徐志摩还亲自为沈从文的作品撰写推介文字:

这是多美丽,多生动的一幅乡村画。作者的笔真像是梦里的一支小艇,在波纹瘦鳞鳞的梦河里荡着,处处有着落,却又处处不留痕迹;这般作品不是写成的,是"想成"的。给这类的作者,批评是多余的,因为他自己的想像就是最不放松的不出声的批评者;奖励也是多余的,因为春草的发青,云雀的放歌,都是用不着人们的奖励的。②

这段文字不仅准确地抓住了沈从文的创作特点,而且也

---

① 何家槐. 怀志摩先生. 新月,1932,4(1).
② 徐志摩. 志摩的欣赏//徐志摩全集:第二卷. 天津:天津人民出版社,2005:264.

第六章 "一部无韵的诗"

写出了徐志摩对沈从文不遗余力的提携,对沈从文这样一个初来乍到的青年人来说,这无疑给他提供了一块进入文坛的敲门砖,是沈从文进入北京文化圈的重要一步。

沈从文的作品在徐志摩那里始终畅行无阻,正是在徐志摩的大力帮助下,沈从文在短短几年之内,从一位名不见经传的三流作家跃居中国一流作家的行列。不仅如此,在徐志摩的极力推荐下,只有小学学历的沈从文还担任了上海中国公学的讲师,主讲大学一年级"新文学研究"和"小说习作",这对沈从文来讲无疑是又一重要的人生转折。沈从文在他的文章中曾不止一次表达过对徐志摩知遇之恩的感谢。在《习作选集代序》中,他称《从文小说习作选》能够最终与读者见面,实际上是多方努力的结果,他首先要感谢的便是徐志摩:"尤其是徐志摩先生,没有他,我这时节也许照《自传》上说的那两条路选了较方便的一条,不过北平市区里作巡警,就卧在什么人家的屋檐下瘪了,僵了,而且早已腐烂了。"[1]徐志摩对沈从文的重要意义可见一斑,也正是因为如此,在徐志摩死后沈从文才会如此悲痛,悲痛一位"给青年人以蓬蓬勃勃生气的徐志摩"[2]

---

[1] 沈从文. 习作选集代序//沈从文全集:第9卷. 太原:北岳文艺出版社,2009:7.

[2] 沈从文. 三年前的十一月二十二日//沈从文全集:第12卷. 太原:北岳文艺出版社,2009:197.

走了。

徐志摩是一个"真性情"的人，胡适在怀念徐志摩的日记中写道："朋友之中，如志摩天才之高，性情之厚，真无第二人！他没有一个仇敌；无论是谁都不能抗拒他的吸力。"[1]在态度上，徐志摩始终是中庸平和的，有儒士的风度，正如他的诗，像"秋天的太阳，冬夜的炉火"，志摩对人的温煦是光亮热烈而又可亲可爱的。正因为如此，在徐志摩去世后，诸多文坛朋友纷纷写下哀悼文章。《北平晨报·学园》连续多期发表悼文，编辑将这些悼念文章结集为《北晨学园：哀悼志摩专号》，报社于1931年12月印行。该专号收录的悼文的作者个个都是刻入历史的响亮人物，胡适、林徽因、陈梦家、梁实秋、沈从文……共计三十七人，共同追忆与徐志摩的情谊。在这一群朋友眼中，徐志摩是一个天真而充满才华的诗人，他怀揣着生活的诚与热，不断地向前生活，宽容对待每一位朋友。当然，每一位怀念徐志摩的挚友都会提及徐志摩在诗歌、散文方面的成就，提到他作品深厚的魅力。由此可见，徐志摩之所以成为"人人的朋友"，一方面是其性格使然，广交朋友，为人亲和，另一方面是徐志摩本人的创作为他带来的魅力，使文坛诸人读其文其诗，如见其人。这些好友间的相互欣赏，不仅仅

---

[1] 胡适. 胡适日记全集：第6卷. 台北：联经出版事业股份有限公司，2005：621-622.

第六章 "一部无韵的诗"

在于脾气相投,更在于在文学上有着共同的追求,有着相似的审美趣味。

"何以他是人人的朋友呢?"陈梦家在《记志摩先生》一文中给出了答案:"他以人人为朋友……他不在人前发愁,更难得发怒,你听到他说的全是喜笑的口中流出来的智慧,他从来不道人的短长。对于年青人,他总是激励耐心等候人自己的改好向上,不给人灰心。"

沈从文手绘徐志摩遇难处

杨振声《与志摩最后的一别》(节选)

再谈到志摩的为人,那比他的散文还有趣!就说他是一部无韵的诗吧。节奏他是没有,结构更讲不到,但那潇洒劲,直是秋空的一缕行云,任风的东西南北吹,反正他自己没有方向。他自如地在空中卷舒,让你看了有趣味就得,旁的目的他

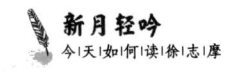

没有。他不洒雨，因为雨会使人苦闷；他不会遮了月光，因为那是煞风景。他一生决不让人苦闷，决不煞风景！曾记得他说过："为什么不让旁人快乐快乐？自己吃点亏又算什么！"朋友们，你见过多少人有这个义气？

他所处的环境，任何人要抱怨痛苦了，但我没有听见他抱怨过任何人；他的行事受旁人的攻击多了，但他并未攻击过旁人。难道他是滑？我敢说没有个认识他的朋友会有这个印象的。因为他是那般的天真！他只是不与你计较是非罢了。他喜欢种种奇奇怪怪的书，他一生在搜求人生的奇迹和宇宙的宝藏。那怕是丑，能丑得出奇也美；哪怕是坏，坏得有趣就好。反正他不是当媒婆，做法官，谁管那些！他只是这样一个鉴赏家，在人生的行程中，采取奇葩异卉，织成诗人的袈裟，让哭丧着脸的人们看了，钩上一抹笑容。这人生就轻松多了！

我们试想这可怜的人们，谁不是仗着瞎子探象的智慧，凭着苍蝇碰窗的才能，在人生中摸索！唯一引路的青灯，总是那些先圣往哲，今圣时哲的格言，把我们格成这样方方板板的块块儿。于是又把所见的一切，在不知不觉中与自己这个块块儿比上一比，稍有出入便骂人家是错了。于是是非善恶，批评叫骂，把人生闹得一塌糊涂，这够多蠢！多可怜！志摩他就不——一点也不。偏偏这一曲广陵散，又在人间消灭了！

…………

志摩你去了！我们从今再没有夏日清晨的微风，春日百花的繁茂！我再不忍看那古城边的夜灯，再不忍听那荷花池里的鱼跃！假若可以换回的话，我愿把以上的一切来换你。你有那晨风的轻清，春花的热闹，夏夜的荒唐！

你回来！我情愿放走西北风，一把揪住了你！

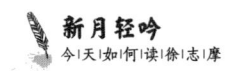

"新月"诗人还是"风月"诗人?

徐志摩是一位充满浪漫气息的诗人,他追求爱,追求美,追求感情的表达。然而,无论是生前还是身后,他的个人情感生活总是不断招人诟病。他一生两次婚姻,多段爱情故事,他与张幼仪离婚,对林徽因欣赏,与陆小曼再婚,与多位名媛惺惺相惜,这些爱情轶事似乎快要掩盖他的创作和才华,使他成为"风月"传奇中的一位诗人。

不可否认的是,徐志摩一生三段主要的爱情故事,确实几经波折。他与前妻张幼仪是"父母之命媒妁之言",两人于1915年结婚,育有两个孩子,于1922年离婚;留学英伦时他与林徽因相互吸引、相互欣赏,这个爱情故事最终以林徽因嫁与梁思成告终;他与陆小曼相爱于道德伦理界限之外,却克服外界重重压力,于1926年10月在北海公园举行婚礼。在婚礼现场,作为证婚人的老师梁启超,痛批二人"以他人之苦痛易自己之快乐"。这些复杂的感情故事使得徐志摩一时间背负起了"渣男"的名号,人们在阅读徐志摩时,自觉不自觉地会将一

第六章　"一部无韵的诗"

部分注意力放在徐志摩的多情潇洒上。但毋庸讳言，徐志摩的多情之所以能够引起人们的关注，还是源于他的才情。因为他是徐志摩，他是给中国现代新诗带来过诸多变革的新诗人。有的人用这些所谓的"风月"故事与徐志摩的作品进行简单的对号入座，将之看作一种恋爱的实录，看作小情小爱的抒发，实际上这才是一叶障目。徐志摩的所谓风月故事或许可以构成人们的谈资，或许会始终吸引一些人去探究，去发掘，但是故事被发掘清楚了，也就结束了，不会留下什么余味，单纯谈论徐志摩的风月故事，总有谈完的那天，总有谈尽的时候。而徐志摩诗歌的韵味，那样轻巧合宜的形式，却是值得我们一品再品，一读再读的。

可以肯定的是，徐志摩的爱情故事不会使其成为新月派的代表人物，徐志摩的私生活也不会令茅盾写下这样的断言："中国文坛上杰出的代表者，志摩以后的继起者未见有能并驾齐驱，我称他为'末代的诗人'"[①]。我们在看到徐志摩那些最易被发掘的生平资料的同时，更需要看到的是徐志摩作品跨时空、跨地域经久不衰的原因。他的笔下不乏对民众处境的同情：《盖上几张油纸》里刻画在飘雪冬夜痛失爱子独自哭泣的妇人，《先生！先生！》里呈现冰冷的北风中穿着单布衫的女

[①] 茅盾．徐志摩论．现代，1933，2（4）．

孩追着车轮乞讨的心酸一幕，《叫化活该》里上演现实版"朱门酒肉臭，路有冻死骨"人间惨剧。不仅如此，诗人1926年4月1日发表在《晨报副刊·诗镌》第1期的《梅雪争春（纪念三一八）》，有"但梅花是十三龄童的热血"的诗句，痛斥段祺瑞政府1926年3月18日制造的震惊中外的"三一八"惨案。由此可见，徐志摩信仰爱，"爱是他的宗教，他的上帝"[①]，他诗中爱的吟诵并不仅仅局限于男女间的恋爱，还包含着对生活的热爱，对自然的喜爱，对社会的关爱。

徐志摩是单纯的，富有理想的，但是这不代表他远离社会现实。他是新文学发展中的重要一员，他真切地生活在那个特定时代的社会土壤里。他在英国学习的那段时间，主修的是政治经济学，他对英国的政体有所向往，希望能够移植到中国的土壤里。不论他思考的方向是否正确，这都是他对中国社会关心的体现，他对民众命运关切的体现。他始终认为："我们对我们光明的过去负有创造一个伟大的将来的使命；对光明的未来又负有结束这黑暗的现在的责任。我们第一要提醒这个使命与责任。我们前面说起过人生的尊严与健康。在我们不曾发见更简赅的信仰的象征，我们要充分的发挥这一双伟大的原则——尊严与健康。尊严，它的声音可以唤回在歧路上彷徨的人

---

① 胡适. 追悼志摩. 新月，1932，4（1）.

第六章
"一部无韵的诗"

生。健康,它的力量可以消灭一切侵蚀思想与生活的病菌。"[1] 在发表于1929年2月10日的《拜献》一诗中,诗人的目光越过"山""海""风波",深情注视那"雪地里挣扎的小草花",路边"无告的孤寡""烧死在沙漠里想归去的雏燕",同情"宇宙间一切无名的不幸",并愿意"拜献我胸胁间的热,/管里的血,灵性里的光明;/我的诗歌——在歌声嘹亮的一俄顷,/天外的云彩为你们织造快乐,/起一座虹桥,/指点着永恒的逍遥,/在嘹亮的歌声里消纳了无穷的苦厄!"[2]。恰如陈梦家在《纪念志摩》一文中所评价的那样:"他对于一切弱小的可怜的爱心,真的,他有的是那博大的怜悯,怜悯那些穷苦的,不幸的,他一生就为同情别人忘了自己的痛苦。"[3]这样一位诗人,称得上是新月派的代表诗人;这样一位诗人,如果我们简单地用奇闻轶事把他埋没了,用风月之名来定义他,那才是真正的可惜。

徐志摩潇洒多情,是一个以感性经验为主的诗人。在谈到"感情"时,他有激情洋溢的一面,也有落寞忧愁的一面,他的诗甜蜜中蕴着忧愁,暗淡中蕴着光亮,这源于他本人的气

---

[1] 徐志摩.《新月》的态度.新月,1928,1(1).
[2] 徐志摩.拜献//徐志摩全集:第四卷.天津:天津人民出版社,2005:357.
[3] 陈梦家.纪念志摩//舒玲娥.云游:朋友心中的徐志摩.武汉:长江文艺出版社,2005:144-145.

质，源于他看待生活的方式。他曾说："感情是力量，不是知识。人的心是力量的府库，不是他的逻辑。有真感情的表现，不论是诗是文是音乐是雕刻或是画，好比是一块石子掷在平面的湖心里，你站着就看得见他引起的变化。没有生命的理论，不论他论的是什么理，只是拿石块扔在沙漠里，无非在干枯的地面上添一颗干枯的分子，也许掷下去时便听得出一些干枯的声响，但此外只是一大片死一般的沉寂了。所以感情才是成江成河的水泉，感情才是织成大网的线索。"[①]诗人不是超人，我们不能以其极个别的诗句，就否认诗人的丰富性和复杂性。徐志摩这样一位充满感情的诗人，要说他的感情只与"风月"有关，这未免有些失之偏颇。

林徽因《纪念志摩去世四周年》（节选）

现在你走了，这些事渐渐在人的记忆中模糊下来，你的诗和文章也散漫在各小本集子里压在有极新鲜的封皮的新书后面，谁说起你来，不是麻麻糊糊的承认你是过去中一个势力，就是拿能够挑剔看轻你的诗为本事（散文人家很少提到，或许"散文家"没有诗人那么光荣不值得注意）。朋友，这是没法

[①] 徐志摩. 落叶 // 徐志摩全集：第一卷. 天津：天津人民出版社，2005：455-456.

第六章 "一部无韵的诗"

子的事，我却一点不为此灰心，因为我有我的信仰。

我认为我们这写诗的动机既如前边所说那么简单愚诚，因在某一时，或某一刻敏锐的接触到生活上的锋芒，或偶然的触遇到理想峰巅上云彩星霞，不由得不在我们所习惯的语言中，编缀出一两串近于音乐的句子来，慰藉自己，解放自己，去追求超实际的真美。读诗者的反应一定有一大半也和我们这写诗的一样诚实天真，仅想在我们句子中间由音乐性的愉悦，接触到一些生活的底蕴渗合着美丽的憧憬，把我们的情绪给他们的情绪搭起一座浮桥，把我们的灵感，给他们生活添些新鲜，把我们的痛苦伤心再揉成他们自己忧郁的安慰！

我们的作品会不会长存下去，也就看它们会不会活在那一些我们从不认识的人，我们作品的读者，散在各时，各处互相不认识的孤单的人的心里的，这种事它自己有自己的定律，并不需要我们的关心的。你的诗据我所知道的，它们仍旧在这里浮沉流落，你的影子也就浓淡参差的系在那些诗句中，另一端印在许多不相识人的心里。朋友，你不要过于看轻这种间接的生存，许多热情的人他仍旧为着你的存在，而加增了生的意识的。伤心的仅是那些你最亲热的朋友们和同兴趣的努力者，你不在他们中间的事实，将要永远是个不能填补的空虚。

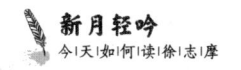

永远的一弯"新月"

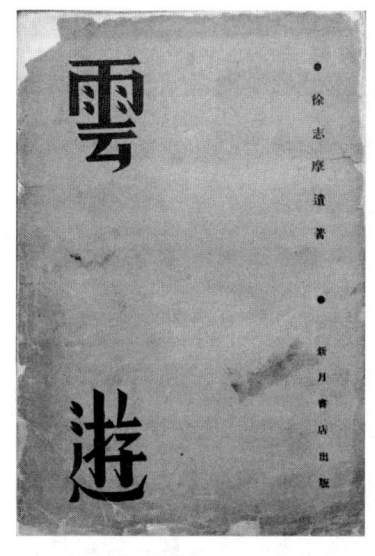

徐志摩遗作《云游》书影

1931年11月19日,徐志摩搭乘邮政飞机由南京去往北平,准备去参加林徽因在北平协和小礼堂举办的中国建筑艺术演讲会,飞机飞至济南时失事,坠入山谷,机上人员全部遇难。徐志摩的一生停在了35岁,他的一生短暂,却在文学史上留下了属于他的光辉。梁实秋评价徐志摩称:"记得约翰孙博士赞美他的朋友高尔斯密好像有这么一句: There is nothing that he did not touch, and he touched nothing that he did not adorn。大意是'没有一件事他没有干过,他也没有干过一件他没干好的事'。志摩之多才多

第六章 "一部无韵的诗"

艺,正可受这样的一句赞美。"①可以说是很高的赞美了。徐志摩是他的朋友们心中"一部无韵的诗",他本人和他留下的作品,是现代文学史上永远的一弯"新月"。

徐志摩在他短暂的一生中,对新诗艺术和形式的探求做出了重要的贡献。他既吸收19世纪英美诗歌音乐性与格律的长处,又继承了中国传统诗歌注重抒情和含蓄蕴藉的传统,兼收并蓄,创作现代民族风格的抒情诗。徐志摩有良好的古代文学修养,他做过古体文章,对旧体诗词也有所涉猎,从陈从周发现的徐志摩白话词手稿看,他还曾经将宋词以白话体改写,改写充满徐志摩个人的风格,灵动、轻巧。徐志摩这一生在文学创作上用力颇深,给后人留下了诸多文艺精品。他与闻一多同属新月派诗人,但是与闻一多相比,徐志摩的诗歌更加浪漫、天真,更具有一种抒情的灵动之美,他的风格无人可以替代。朱自清曾评价二人的诗作:"但作为诗人论,徐氏更为世所知。他没有闻氏那样精密,但也没有他那样冷静。他是跳着溅着不舍昼夜的一道生命水。他尝试的体制最多,也译诗;最讲究用比喻——他让你觉着世上一切都是活泼的,鲜明的。"②

---

① 梁实秋. 谈志摩的散文,新月,1932,4(1).
② 朱自清.《中国新文学大系·诗集》导言//赵家璧,朱自清. 中国新文学大系·诗集. 上海:良友图书印刷公司,1935:7.

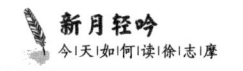

徐志摩白话体改写李清照《转调满庭芳》

池边青草,院里绿阴,向窗外一望,晚晴真好啊!帘也打起来,门也打开来,有客来么,正好。我一个人吃酒正觉得寂寞,又想起行人未归,好不难过,坐下吃一杯酒吧,荼蘼是开过了,还有梨花可赏呢。 不要谈到从前赏花的胜会,打扮起来,高朋满座,看着外面的王孙公子,车水马龙,虽然遇到风雨,依然觉得痛快,如今没有这种兴会了,这样的好时节也是空的。

原词:

芳草池塘,绿阴庭院,晚晴寒透窗纱。玉钩金锁,管是客来吵。寂寞尊前席上,惟愁海角天涯。能留否,酴醾落尽,犹赖有梨花。 当年,曾胜赏,生香薰袖,活火分茶。极目犹龙骄马,流水轻车。不怕风狂雨骤,恰才称,煮酒残花。如今也,不成怀抱,得似旧时那?

另外,他成长在江南一带,对当地的方言、民歌有所了解。同时,留学经历使他吸取了英国剑桥文化的灵性,学习了不少西方诗人的作品。徐志摩曾写过许多文章表达对西方文学的看法,如《近代英文文学》《汤麦司哈代的诗》《波特莱的

第六章
"一部无韵的诗"

散文诗》等。而且徐志摩直接与泰戈尔、曼殊斐尔等世界著名诗人、作家有所往来。民间资源、中国传统文化、西方文化这三种精神资源在他的诗歌中得到了有机融合,既显示出东方的哲思与含蓄,又具有西方的激情和反抗精神。比起闻一多精心设计的诗行,徐志摩显得更为恣意一些,多了些飘逸的意味。故而在提及"新月"之时,我们更倾向于用这个纤弱但充满光亮,灵巧又充满希望、热诚的意象形容徐志摩。徐志摩曾撰写过《〈新月〉的态度》一文,谈及新月社创立的初衷时指出:"凭这点集合的力量,我们希望为这时代的思想增加一些体魄,为这时代的生命添厚一些光辉。"[1]徐志摩本人不恰是这样一种形象吗?他的诗歌并不是什么强有力的象征,没有充满与现实对抗的力量,但他以轻巧的诗行,以性灵的写作,以轻盈的姿态,以柔和的光辉,使人无法忽视他的成绩。

徐志摩是一个永远对生活、未来抱有希望的人,即便是陷入消沉和暗淡,他也始终相信天边会有一线希望,会有一道光芒,会有那么"一分钟"到来。如胡适所言:"他的追求,使我们惭愧,因为我们的信心太小了,从不敢梦想他的梦想。"[2]徐志摩生得浪漫,死得传奇,他的一生是一部无韵的诗,其过人

---

[1] 徐志摩.《新月》的态度.新月,1928,1(1).
[2] 胡适.追悼志摩.新月,1932,4(1).

之处就在于他的诗不是刻意写就的，而是自然流泻出来的。徐志摩诗化的作品和他诗意的人生，使他以"新月"之姿长久地悬挂在现代文学的天空上。他的离去或许是一种不幸，但是何其幸运的是，他拥有这样灵动俊逸的才华，并有机会把他的才华留在历史的长河中，闪动属于他的光彩。他对自由理想始终不懈的追求，他对青春信仰的歌唱，总能引起"他的园地外无数的歌喉，嘹亮的唱，哀怨的唱，美丽的唱"[1]。这或许是青春中国的一种别样诠释吧。

徐志摩以一颗单纯到透明的童心，把对自然的执着爱恋，对自由、美和爱的热烈追求，对生命的真挚崇拜，对人世悲欢的感慨，对性灵的赞美歌唱，用丰润优美的诗的语言，严谨又多样的诗的形式，幽远含蓄的诗的意境，奇丽不羁的诗的想象，亲切又洒脱地表达出来，唤起几代读者的美的情感。他的生命，本身就是一首绝妙的好诗。尽管徐志摩英年早逝，诗艺还未达到成熟的境界，但其大胆多样的探索精神，已取得的诗艺成就，在中国新诗史上具有不可替代的地位。徐志摩"想飞"，向往个性自由，向往不受拘束的生活，向往无阻拦的逍遥。徐志摩追求美，追求诗歌整体的美感。徐志摩天才的表达，将他的感情，他看到的世界，他体会到的人生，以一种诗

---

[1] 胡适.追悼志摩.新月，1932，4（1）.

第六章 "一部无韵的诗"

化的方式表现出来。他将爱的信仰、自由的灵魂统统倾注在文学创作中,即便跨越时空,我们阅读他的文字总能够引起共鸣。

徐志摩究竟有怎样的故事?究竟该怎么评价这些故事?每个人心中都有不同的判断,但是徐志摩的诗歌始终是不能忽视的。他的诗歌所具有的魅力,不仅仅在于这诗歌创造性地表达了他的个性,是独属于他个人的感受,而且在于这诗歌也代表了当时一批青年在社会现实中的真实状态;他的诗歌之所以现在还极具魅力,不仅仅在于他的诗歌直触人性中的某些普遍感情、普遍思考,而且在于指向人生、指向一些恒常的命运主题时,他的诗歌往往能够牵动读者的情绪,引发读者带着自己的体悟去思考,打开诗歌的阐释空间。

卞之琳在多年后写就的《徐志摩诗重读志感》一文中称赞徐志摩:"他的诗,不论写爱情也罢,写景也罢,写人间疾苦也罢……总还有三条积极的主线:爱祖国,反封建,讲'人道'。这三条不是什么'先进'思想。但是这讲起来似乎显得陈腐的三条,在我们的今日和今日的世界,实际上还是可贵的东西。"[1]徐志摩是永远的一弯新月,他的经典作品如新月般轻音曼妙,如新月般天真可爱,如新月般浪漫舒展,徐志摩其人

---

[1] 卞之琳.徐志摩诗重读志感.诗刊,1979(9).

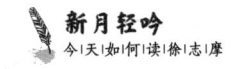

其诗都是灵动的。我们阅读徐志摩，就是要用心去感受诗是可以像徐志摩那样写的，用心去体会这位富有天才的诗人为何担得起"新月"之名。我们读徐志摩，是读他的感情，读他的思考，读他的人生，又何尝不是读我们自己的感情，读我们自己的思考，读我们自己的人生，读出我们心头的一弯新月呢？

【我来品说】

1. 阅读徐志摩的人际交往故事给你带来了哪些启示？
2. 在你看来，徐志摩的经典意义何在？
3. 你认为，一首诗要成为文学经典应该具备哪些条件？